あやしい地球夢中人

なぜなら　その時
メビウスのへそには天使が宿るからです。

筆者が撮影した1987年、調和の波動の日の出

2004年晩夏、陽光あふれる池のほとりにて

だから
心という
あなたの自慢の愛のサンテラスは
オレンジレッドの炎でゆれている

私は泣いた……愛の中で

まえがき
"魂のうたを創るにあたって"

―― かつて地球を嫌っていた自分から少々成長し、私を呼ぶ声に忠実になり、私自身豊かな空間と戯れたいという欲求が強くなってきた。一瞬の不安や恐れなど、地球の磁場を狂わすだろうと思われる、負のエネルギーを少しでも軽減し、地球や宇宙の為になるにはどうすればいいんだろう、というようなことを真剣に考えたのは、この地球に生まれる前のような気がする。そして、今生一占術家として、私の仕事を深めれば深めるほど、突き詰めるところは単なる占いを仕事としたいのではなく、宇宙の仕組みとしての宇宙論を知りたいのだと解り始めてきたのだ。――

私の人生におけるコンセプトは「エキセントリックに生きる事」、そして「占いを太古の宇宙論に戻す事とエルメス学（太古の学問）の復活」、「人生を楽しみ、豊かな意識と戯れる事」、そして「笑いとリラックス」です。
異常な猛暑に代表される太陽の活動や、太陽の光の鋭さに異常を感じているのは、私だけではないと思います。1998年、サニーニュースペーパーに、通常の7倍のコロナ放射が観測されたとの記事が掲載されました。昔の陽だまりの優しさはどこかへ行ってしまいました。私達の生命機能は狂い、精神の異常も辞さないのではと危惧されます。現在の異常さを、異常と感じないおかしな時代を迎えています。しかしこれらの異常な現象は、地球の歪みを正常に戻すための変化の加速だろうと私はポジティブに考えています。

私達はこれからどこへ向かおうとしているのでしょうか？　だましの岩戸開きにより、嘘と権力、暴力で引っ張り出した時代に生き、真のアマテラス、太陽(魂)は岩戸(肉体)の中、確かに魂は腑抜け状態になってしまっているような気がしますが、しかし、私はここからの人間は見事だと信じています。何故なら外に出てきた"おできやうみ"は治療可能ですよね。当然資本主義は崩壊し、新しい社会システムへの転換が始まるでしょう。大いなる1なるものから分離してきた個我は十分熟しきり、もう今までの延長はできない。人類の歴史はオメガ（終わり）と同時にアルファ（始まり）を迎えようとしている。個から全へこれからは、地球を丸ごとみる"地球人"としての目覚めも近いという意味を込めて、付属のCDでは今私達のいる意識の場の詩"アルファとオメガの都"と美しい日本語を失いたくない気持ちを込めて書いた"愛の国・美しき言霊の国よ"の詩に粟屋氏から曲を頂きました。意識を問題にしている私の仕事は、目に見えない世界を扱いますが、その目に見えない世界を表現し、太陽系が起こすであろうダイナミックなシフトを感じている"あやしい地球夢中人"として、この散文詩を創りました。この詩集を介して、"未来は明るい"をモットーとしている占術家、ヒーラーまた一人の女性であり人間である私のフィーリングを感じて頂ければ幸いです。

榊原　茶々

あやしい地球夢中人
目　　　次

まえがき——"魂の詩を創るにあたって"

茶々のフィーリング問答1 ……………………………………11
　　　　　　　——編集に携わったトムから茶々への質問——始めに
　アルファとオメガの都（CDの歌）
　あやしい地球夢中人
　　　　　　　——もはや地球にチャンドラの振動は似合わない——

茶々のフィーリング問答2——チャンドラの振動とは—— ………19
　この世で最も美しきもの——アクエリアスの天使たち——
　夏よ　どうした！——慈しみの幾何学を発していない——
　人生はおにぎり
　私はオンナ？——私はオトコでもある——
　1／10億の愛が動き出す——終わらない祭りの夜に——
　ジャンヌダルクよ　永遠に
　聖なるピラミッドの英知を
　天空のオリオン・シリウスが忙しい
　王よ　王よ　王よ——新しい時代がやってきます——

茶々のフィーリング問答3——心と体—— ………………………39
　ピラミッドは開く——あなたの胸を貸して下さい——
　絶望とは昇りつつある太陽と同じこと
　年を取っているのか若返っているのか
　変化の時が来た——私がワタシと思っている私を！——

茶々のフィーリング問答4——愛と恋のちがい—— ……………51
あなたに会う為に私はここに居る——ブラボー2013——
7回愛でたメビウスの愛
わたしは会いたい——真にしあわせを持つ者に　恐れのなき者に——
あなたに会いたい——愛の稲妻が9回光ったら——
メイプルポイント・五芒の王国——歌おう・春が夏を抱く歌を——
50億分の1の恋——のどかなる　凪(なぎ)の恋——
あの輝くシリウスで会う約束を覚えていますか
今だからこうして会えた
　　　　　　　——ねえ、あなたいつ年をとるのを止めたの——
ゼウスのくちづけ
性の歪み——もっと感じてみたら　女としての自分を！——

茶々のフィーリング問答5——陰と陽の統合—— ……………79
火の女の冷たい孤独——水火合一の合唱——
偉大なる神の座——松果体の光——

茶々のフィーリング問答6——コトダマ—— ……………89
我が名のコトダマ
愛のコトダマ——刹那刹那に　いろはにほ——
春に舞う女たちに告ぐ

茶々のフィーリング問答7——月と太陽—— ……………97
もう泣かない月——最後の満月に——
これ以上丸くなれない月

ガリレオさん　どっちもどっち
　　山を削る者達よ——迷子の人間達——

茶々のフィーリング問答8——感情と五行思想——..........105
　　意地悪い私——私はもう意地悪く　背中を押さなくてもいい——
　　エデンの園の異次元体験
　　神の自慢のサンテラス——オレンジレッドの炎でゆれている——
　　私のイエスが間もなく現れる——歪んだ私——
　　富士山に煙突は似合わない
　　1997　都会を見つめる目

茶々のフィーリング問答9——人生経験とチャネル——..........119
　　アルファにしてオメガ
　　この世に生まれ落ちる赤子
　　　　　　　　　　　——プレアデスの母よ！　ありがとう——
　　不動明王が立つ

茶々のフィーリング問答10——占いって何なの？——..........129
　　そうだそれでいい——ゲーテを想った——
　　お誕生日おめでとうございます——あなたの王となれ——
　　5／31日

茶々のフィーリング問答11——北斗七星——..........139
　　人間卒業——"おお　北斗の星よ"——巫女が科学を見つめる日　科学が
　　巫女を受け入れる日——

はえとり紙にくっついてしまったなさけない蝶
　　ヘソが動く日

茶々のフィーリング問答12──水火合──……………147
　　おはよう──射手座の熱くたくましい女として──
　　ここにも　そこにも──熟れた赤子が生まれてくる──
　　覚えているでしょうか　夜の虹を
　　　　　　　　　　──ツインレインボーのランデブー──
　　自分のことをちょっぴり知ると……
　　　　　　　　　　　──やさしくなれる気がする──
　　台風が過ぎ去ったあと──母なる大地の許しの中で──

茶々のフィーリング問答13──父と母──……………157
　　今日の涙はいつもと違う──この幸せを体に教えておこう──
　　愛する人それは……──私の背中に天使の羽根は……──
　　父への手紙──77年かかった──
　　みなしご人間達──古代復活──

茶々のフィーリング問答14──宿命と運命──……………171
　　歌いましょう、宿命を──ある占術師の詩──
　　愛の国・美しき言霊の国よ

茶々のフィーリング問答15──意識の蹴り・反転──まとめ……177
あとがき──編集を終わって最後に

茶々のフィーリング問答1
——編集に携わったトムから茶々への質問——
始めに

T　いつから詩を書いているの？

茶　そうね、小学校4年頃に自分の気持ちを詩的に表現したのが始まりかな。砂粒ぐらいの小さな虫が命を持って動いている事に感心したの。そのタイトルはまだ覚えているわ"小さな小さな砂粒の命"。

T　東洋、西洋両方を扱う占術家としての茶々の詩は現実よりも宇宙とか、神とかの領域だよね？

茶　私は火の星座、射手座生まれで、メインの生命数（宿命にもつ数のエネルギー）⑨と⑤を持ち、男性的な情熱的情感になりやすいのね。また日常生活に密着した詩より、どうしても宇宙的な哲学に傾倒したものになりやすいかな。ロマンチックな詩は不得意、くすぐったくなってしまうのです。子供のときの夢はみんなが"お嫁さんになりたい"と答えている中私一人だけ、男らしく"宇宙飛行士に成りたい"と答えていたのですから。だから私の詩は特定な人へのラブコールではなく、神へのラブコールなのですよ。自分が今感じている意識空間を表現しているので、言葉尻を追及して、現実と対応させて読もうとすると意味がわからないかも知れませんね。理解して頂くというより詩（うた）を介して、魂が訴える宇宙観、世界観を感じて頂けると嬉しいですね。

T　どのような時、詩が浮かんできて、でき上がるの？

茶　私の場合は、女性のエネルギー、西洋占星術的に言うと月や

金星のエネルギーが強烈に発揮される時に詩が浮かんでくると言えます。例えば、恋をしている時とか、温泉に入っている時とか、ロマンチックな芸術的空間に浸っている時にビジョンが出てきたり、内側の空間から言葉が聞こえてきたりする感じとでも言いましょうか。眠ろうとしてもビジョンや、言葉があふれ出てきて、眠れないときは朝までペンを持っているのよ。

T 誰とチャネルしているの?
茶 大きなクジラとか私の魂かな?
T 「エ〜 クジラ?」それが茶々の名付け親なの?
茶 そうなの、やっぱり空間から「あなたはチャチャだよ」って聞こえてきたの。声の主は大きなくじらの親分。私の未来生、過去生がくじらかしら ハハッ

アルファとオメガの都

想い出してください！
始まりと終わりの結ばれた　無(ムー)の都
あなたが生まれる前から　あなたを愛し続けてきたもの
それは決して消せない　魂のまなざし
愛を求めなくてもいい　ただ生きる命を想う

覚えていますか？
太古の人々に支えられて　この地球に生まれてきたことを
ワタシはアルファとオメガの間に生まれし者
アナタはオメガとアルファの間の尊(とうと)き者
そして　これからも　無(ムー)の都に生まれ出る

春が夏を抱(いだ)くように　魂に抱(だ)かれ
秋が冬を生むからこそ　めぐる命
乾いた大地に緑が舞う
私を呼ぶ声がする

母なる大地の許しの中で　癒されながら
父なる仕事をさせてください！
アルファとオメガの都に住まう　神々の愛
オメガとアルファにあなたも住まう

五十鈴(いすず)の喜びに　震えながら
その言葉を宇宙(コスモス)にしたためた
神々の乳のしたたりは　白く染まりし宇宙(コスモス)の帯
そう　天の道　天の川となりました
おひつじ座が春を連れ戻し　みずがめ座の天使が満つる頃
この血まみれの時代は終わっていく
時が光に変わる　最後の満月に
思い出すでしょう
生まれる前の約束と勇気を！

母なる大地の許しの中で　癒されながら
父なる仕事をさせてください！

アルファとオメガの都をたたえる神々の歌！
オメガとアルファにあなたも踊る

シリウス！おおシリウス！！
私を呼ぶのは　あなたですね！

７つの文明を数えた今
いよいよ　大地が答えを出す時がやってきました
シュメール　シュメールに響け！

　　　　　　　歌え！……　　　　宿命
　　　　　　踊れ！……　　　　運命！

　　　　　新しい時代が　始まります……

注
・アルファ
　　　始まり、物事の最初。
・オメガ
　　　終わり、最終。
・アルファとオメガの都
　　　意識上の概念として始まりと終わりの連結点のことを都と表現した詩。
・シリウス
　　　大犬座 α 星。全天で一番明るい。
・シュメール
　　　古代シュメール文明のこと。

あやしい地球夢中人
──もはや地球にチャンドラの振動は似合わない──
★・★・★・★・★・★・★・★・★・★・★・★・★・★・★・★・★

神のおしゃべりが聞こえだすころ
君は真実という人生のおしゃれを経験するだろう

この世には本気がいっぱいあれど
誰も花を咲かせてはいない
誰もこれから登ってくる新しい太陽をしらない

しかし
必ずこれから登ってくるこのホットな太陽に
投げキッスをするヤツが現れる
それはミス・プラトニック・ピラミッド
そう
かつてあったピラミッドの頂上から
ときめきの投げキスを送るヤツが現れる

私たちが創り出したイシス・エクスタシーは
今まさにビッグバンを迎えていく

こうやって私達は上昇していくのだろう
上昇する翼をタイムの香にまかせよう

ネロリの香を放つ時
君はもはやあやしい地球夢中人

アロマ・エクスタシー！

アロマ・エクスタシーはこのように地球をチャンドラの振動から
解き放つ！

熱帯夜のあやしい地球夢中人
もはや地球に
チャンドラの振動は似合わない

神のおしゃべりが聞こえだすころ
君は真実という人生のおしゃれを経験するだろう

そうさ
きっと君はあやしい地球夢中人だからね

しかしまだ誰もこれから登ってくる太陽をしらない
イシス・エクスタシーに酔いしれているのは
オンナではない

さあ地球夢中人よ
イシス・エクスタシーにさようならする時が来た

もはや　この地球に
チャンドラの振動は似合わない

もはや　この地球に
チャンドラの振動は似合わない

注
・ミスプラトニックピラミッド。
　　　筆者の造語
・イシスエクスタシー
　　　陰の場に浸っているという意味で筆者の造語。
・アロマエクスタシー
　　　母性の場から意識が嗅覚の発達により、アロマの香りで上昇する意味。筆者
　　　の造語。
・タイム
　　　精油の一種。
・ネロリ
　　　精油の一種。
・チャンドラの振動
　　　後述する。

茶々のフィーリング問答2
──テーマ「チャンドラの振動とは」──

T　この最初の詩にあるチャンドラの振動って何ですか？
茶　地球は完全な球体ではないでしょ。南極と北極でつぶれた形をしていて、さらに地球の自転軸は黄道（太陽の公転軌道）に対して傾いています。そして太陽や月やほかの惑星が地球の赤道部分を引力として引っ張るので、地球がコマのようにぐらつきながら回転することを歳差運動と言われています。チャンドラの振動とは、このコマの回転がぐらぐら今にも止まりそうになっている状態と考えて良いですね。
T　すると今、天の北極は小熊座にある、ポラリス星ですね。
茶　そうそう。天の北極は天界の円移動を一周するのに2万6000年かかると言われているから、紀元前1万2000年当時の北極星はベガ（琴座の一等星）で紀元前3000年頃は竜座のアルファ星と言われているの。おもしろいでしょ。今すでに天の北極はポラリスから離れてきて紀元1万4000年頃は、再びベガが北極星となるかも知れないわよね。
T　茶々の詩には1万3000年や2160という数字がよく出てくるけれど特別な数なの？
茶　そうなの。2万6000年の長い周期の歳差運動の半分が1万3000年でしょ。だから、1万3000年ごとに大きな人類の1つの区切りのようなパラダイムシフトがあるようなものだと思うの。また、26000÷12＝2160でおおよそ2160年ごとにステージが変化するようなものだと思うとわかりやすいでしょ。春分点に太陽がどの星座の中にあるか、太陽がひとつの星座のカラ

一の中に入っているのが2160年間ずつ12回、バック背景が変わるようなものね。これらのことを考えることは私にとって恋をするよりロマンチックなものなのよ。

T　"ギザのピラミッドが実際言われている年代より古いものだ"とハンコック氏等が主張されていますよね。

茶　全く同感。エジプトのギザのピラミッドは、BC1万500年の夜空の記録をしているという研究にはワクワクしますね。この時代イシスの星シリウスは、地平線上にあったと言われます。

T　茶々の詩にはそのシリウスがたくさん出てくるじゃない？

茶　そうなの。私の大好きな星がシリウスとアークテュルス、太陽系でいうと木星が好きですね。まあ木星はわたしの守護星でもありますから、私を守ってくれていると信じています。

注
・アークテュルス
　　うしかい座 α 星。「熊の番人」という意味を持つ。

この世で最も美しきもの
──アクエリアスの天使たち──

この世で最も美しきもの
あなたが歌うこと　あなたが踊ること
あなたが触れる全て

この世で最も美しきもの
ほら　あの山が在ること
ほら　この海が呼吸していること
この世で最も美しきもの
あなたが愛すること

あなたを愛すること

この世で最も美しきもの
それはあなただ

この世で最も美しきもの
それはあなたの華麗なる魂
そして　それに向ける熱い視線だ

ワタシがあなたとなる時
この時代は終わっていく
この肉体の時代は終わりつつあるのだ
この世で最も美しきもの

それはすでに地平線に神々しい姿をみせている
新しい時代である

アクエリアス
アクエリアス
何度でもさけびたい（エールを送ろう）
アクエリアス

永遠という時と無限の自由のよろこび
ひとり　またひとりと
高らかに喜びを歌いあげていく

おお！
水瓶座の天使たちが天空に満ちていく
あなたの中の陰と陽
美しき神々の交代を祝おう！！

ああ！
アクエリアスの天使たち
グレーティストエンジェル！
今その時が来た！
(Now just on time)

この世で最も、最も美しきもの
それはあなた
あなたはすべてになる

　　　　あなたはすべてになる
　　　　アクエリアン　エクスタシー
　　　　　　それは今
　　　　　　それは今だ

注
・アクエリアスの天使達
　　アクエリアスとは水瓶座の時代であり、これから地球が迎えるであろう約2160年間。　この時代善悪の二元を超え、権威主義の崩壊と変革、国家と人種を超えた友愛、自由な発想と独自性、精神と科学の調和の意識として、神と人間の中間ととらえて、この時代のヒトのことを筆者はアクエリアス・水瓶座の天使達と呼ぶ。

夏よ　どうした！
──慈しみの幾何学を発していない──
★・★・★・★・★・★・★・★・★・★・★・★・★・★・★・★・★

夏よどうした！
大好きな太陽よ　どうした！
今　おまえは　太陽の情熱の幾何学を発していない
同じ熱帯夜でも
それは獣達(けものたち)の目じゃないか

夏よどうした！
忘れかけてる夏よ戻ってこい
土に水を打つ瞬間の
何とも言えない　みずみずしい清涼感
この時の汗は　ダイヤモンドに変わったではないか
豊かな夏よ、よみがえれ！
中途半端な遊びの色でなく
夕陽とともに湧き上がる鎮魂の光が見たいのだ

夏よどうした！
大好きな太陽よどうした！
今　おまえは慈しみの幾何学を発していない
この夏　火照った体を癒やす
男らしい休日を与えてはくれないのか

夏の情熱を　思い切りぶつけてこい

これが本当のエクスタシーではないか
そう　これこそ
Ecstasy of Summer
ワタシは　この夏のエクスタシーの中で生きていたい！

人生はおにぎり
★・★・★・★・★・★・★・★・★・★・★・★・★

人生はおにぎり
人生はおにぎりのよう
人生はおにぎりでいい
もしかしたら人生は
一言ですむかもしれない

この一言　ひとことの中の
巨大なイメージの世界
おにぎりとはワタシの人生哲学のかたまり
多数の人々と共有できるこの世界が
おにぎりという人生の中にある

あなたと私の人生は
阿あ・吽うんの呼吸でしょ
台風がくれば
おままごとをかたづける

こっちのものを
あっちに移すだけ
人生は単純で
人生は複雑

だから人生はおにぎり
人生はおにぎりでいい

私はオンナ？
―― 私はオトコでもある ――
★・★・★・★・★・★・★・★・★・★・★・★・★・★・★・★・★・★

私はオンナ？
私を女とみないでよ
私を女とみなきゃいいじゃない
私を女とみて欲しくないわ……とワタシが言う
私はオンナ！　私をみてよ
私はオンナなんだから……とワタシが言う
私はオンナ？　私はオンナなのか？
女を捨てなきゃならない時もある……それを誰がわかる！
女を武器にする時もある……それを誰がせめる！
私はかわいい女
私はセクシーな女
私は無器用な女
私はオンナなのか……これを誰が問うているのか！
自分でもわからない

マグダラのマリアよ
あなたが娼婦であろうとなかろうと
おんなであろうとなかろうと
マグダラのマリアであることに変わりはない

私も実際オンナであり
私は人間であり
私はオトコでもある

注
・私はオトコでもある
　　女はただ女性として生まれた陰の体だけでなく男性エネルギーを含み、男はただ陽の場としてだけでなく女性エネルギーを含み、ただ外観の男と女という二元で人間を考えるのではなく、四元で考える方が真実に近い。実際陰の場から陽（男性性）が立ち上がる、これからの女性の時代とはこういうことだと筆者は考える。

1／10億の愛が動き出す
――終わらない祭りの夜に――
★*★*★*★*★*★*★*★*★*★*★*★*★*★*★

いよいよ
10億分の1の愛が　むずがゆく動き出すというのか
私のハートの奥の奥　秘密の花園がくすぐったい
そういえば　最近の私は"怒っても笑っている"

これ以上円くなれない月が出ていた日
あの適度に湿った心地よい太古の祭りの夜に
私は大切な落とし物をしてきたようだ
その落とし物は　限りなく続く血のあえぎの中で縮こまっていた
ある時は　愛と思い込んだ恋人との仲であえいでいた
フラッシュのように　思い出したくない想い出を思い出す
だから　私の祭りはまだ終わっていない

文明を持たない名のない孤島で
太古の儀式をする飾り気のない民家において
あなたは新たに
"真の結婚の儀式を行なう"と私に告げました
"新たな祭りが始まるのですね"
その祭りの夜　私は2人の男の影を抱いていました
"あなたはだれ"と問うと
1つの影が答えました
"カムヤマトイワレヒコ"
もう1つの影は意識の魔術師のように

われわれを13のゴールへと導く
あなたでした

裸で祭りをしている
言葉もまだ知らない　人間達
これから　まだ何も身に付けていない私達に
光の産着が放たれ始めます

肉体という重い鎧を捨てて
私達は　光の産着をつけていく
光の十二単という
オーラの知恵を　思い出していく
そしてこの光の十二単が
"金の中の王"とよばれる
糸であまれていることを発見することでしょう

終わらない祭りの夜に
いよいよ　10億分の１の愛が　動き出すのですね
はるか昔に
光のゴールが見えていたのにたどりつけなかった私達に
どうやら又　13000年ぶりに光のゴールが見え始めました

１／10億の愛
おお！
宇宙をダイナミックに動かす力
この愛する地球は　白光で包まれ

カムヤマトイワレヒコの　復活を見ることでしょう
終わらない祭りの夜に！

注
・10億分の1の愛
　　ヌースの哲学表現。πやφなど割り切れない数字が宇宙をダイナミックに動かしているエネルギーとして、詩の中では10億分の1の愛の言葉を使わせていただいた。
　　愛の中、私達の心の中にも宇宙のそのエネルギーと同じものが存在するという意味で私達の愛が動くこと、宇宙の愛がいよいよ本格的に動きだすことを表現したもの。

ジャンヌダルクよ　永遠に

ジャンヌよ
あなたの人生の気づきは
怒りから始まったのですか

この怒りがなければ、
ジャンヌダルクの神話は
なかったでしょうね
そして最後に
この怒りと神の使者としてのおごりも
炎により昇華されましたね

ジャンヌよ
あなたは　幾多の気づきを与えて下さいました
私も剣をもって戦う女の日々もありました
人生の苦しさと喜びという振り子が何と大きく振れることよ

ジャンヌよ
あなたの怒りは
私の怒りにも気づかせて下さいました
何年も何年も泣き続けてきた私に
ドアがいつも開かれていたことを
気づかせてくれました
そして今
私は真の勝利の光を

　　　　自分の心の家に迎え入れることでしょう

　　　　　　ジャンヌよ
　　　　　あなたの屍は
　　　　　　　しかばね
　　　何も苦しくありませんでしたね
　　　ナショナリズムという名のエゴ
　　　炎はあなたのそのエゴを焼き
　　魂の真の解放という喜びの炎として
　　　　私の目には写りました
　　　あなたのエゴが焼かれたとき
　　　　私のエゴも焼かれ
　　　　声をあげて泣きました

　　　　　空を見上げました
　　　　私の左手にオリオン
　　　　右手にシリウスを抱き
　　　　　目を閉じました
　　　いざ天の王を受け入れん
今私の胸中に王冠を抱いているのがわかりますか

　　　　　　ジャンヌよ
　　　　無限の可能性のひとつの
　　　光をみせてくれてありがとう
　　　ジャンヌよご苦労様でした
　あなたのような真の魔女はどこにいるのでしょう
　　　今はどこにもいないかもしれない

が　しかし
これからの真の魔女の復活を見てて下さい

　　ジャンヌダルクよ永遠に！

聖なるピラミッドの英知を

聖なるピラミッドの英知を
沖縄の地に求めよ

想い出して
全てを想い出して
光の体を緑の石と共に海に沈めよ

水鏡の中に
過去　現在　未来をみる時
シリウスのまつりが復活する
シリウスのまつりが復活する

天空のオリオン・シリウスが忙しい

天空のオリオン・シリウスが忙しい
シリウスに守られ
われらの心臓が歓喜で高鳴り始めると
父なるオリオンが地上に舞い降りるのです

さあ我々はもう眠ってはいられない
夜も昼も泣きながら眠っていた我々に
おはよう　おはようと
紺碧の扉を開いて待っているのです

おはよう　おはよう
このざわめきを天に上げて
いざ
われらの命は天使の都に飛翔する

天空のオリオン・シリウスが忙しい
さあ　シリウスは
さあ　シリウスは
われらのキスを許されるかな
許されるかな

アルファとオメガの都

想い出してください！
始まりと終わりの結ばれた　無の都
あなたが生まれる前から　あなたを愛し続けてきたもの
それは決して消せない　魂のまなざし
愛を求めなくてもいい　ただ生きる命を想う

覚えていますか？
太古の人々に支えられてこの地球に生まれてきたことを
ワタシはアルファとオメガの間に生まれし者
アナタはオメガとアルファの間の尊き者
そして　これからも　無の都に生まれ出る

春が夏を抱くように　魂に抱かれ
秋が冬を生むからこそ　めぐる命
乾いた大地に緑が舞う
私を呼ぶ声がする

母なる大地の許しの中で　癒されながら
父なる仕事をさせてください！
アルファとオメガの都に住まう　神々の愛
オメガとアルファにあなたも住まう

五十鈴の喜びに　震えながら
その言葉を宇宙(コスモス)にしたためた
神々の乳のしたたりは　白く染まりし宇宙(コスモス)の帯
そう　天の道　天の川となりました
おひつじ座が春を連れ戻し　みずがめ座の天使が満つる頃
この血まみれの時代は終わっていく
時が光に変わる　最後の満月に
思い出すでしょう
生まれる前の約束と勇気を！

母なる大地の許しの中で　癒されながら
父なる仕事をさせてください！

アルファとオメガの都をたたえる神々の歌！
オメガとアルファにあなたも踊る

シリウス！おおシリウス！！

私を呼ぶのは　あなたですね！

７つの文明を数えた今
いよいよ　大地が答えを出す時がやってきました
シュメール　シュメールに響け！

歌え！……　　　宿命
踊れ！……　　　運命！

新しい時代が　始まります……

愛の国・美しき言霊の国よ

忘れられし　コトバの光
美しき　ことだまの国よ
サザンクロスに願いを込めて　愛の国を想う
現在　過去　未来　ここに　ただ　見つめて抱いて

凪が来る　のどかに　平に
涙が止まらない
波は去る　やさしく　ゆらり
言葉を忘れた　アオウエイ

愛の産着に　光を添えて
私　目覚め　天使が宿る
ありがとう　感謝の言葉　いつも胸に抱き
幾千年もあなたに抱かれ　けがれなき言葉

こだまする　父のコトダマ
ヒ・フ・ミ・ヨ・イ・ム・ナ・ヤ　コトモチロ
お聞きなさい　母のことだま
い・ろ・は・に・ほ・へ・と　ちりぬるを

感じなさい　愛のことだま
い・ろ・は・に・ほ・へ・と　ちりぬるを
愛の国　　　コトバは光
ひ・ふ・み・よ・い・む・な・や　こともちろ

愛の国　　　コトバは光
ひ・ふ・み・よ・い・む・な・や　こともちろ

作詞・ヴォーカル：榊原茶々
作曲・編曲：粟屋顕

王よ 王よ 王よ
──新しい時代がやってきます──
★★★★★★★★★★★★★★★★★★★★★★★★

王よ
あなたの胸は傷つき泣いている人々の
どんな涙も受け止めてあげられる程
寛大であられるか
笑って泣いている人を
泣いて笑っている人を
真に泣かせてあげられる程
あなたの胸はあたたかくあられるか

王よ
あなたの鋭い目は何の為にあられるか
地獄から這い出してきた獣たちを
一瞬にして縮みすくませるだけの
愛に満ちておられるか

王よ
地を踏みしめているあなたの足を
地が受け入れていることを
知って　歩いて下され
一歩一歩あなたの記憶が
地に刻み込まれていくでしょう

王よ

あなたの黄金の手は
時には剣となり人を切る
時には真実の命を救い出す

だから王よ
そろそろ目覚められては如何かな
あなたに触れられ
あなたに見つめられ
あなたの胸に抱かれた者は幸せ者だということを

そして王よ
あなたの144,000の大粒の涙が
乾くときがやってきました

新しい時代がやってきます
スパークした新しい時代が私たちを迎えるでしょう

だから、そう
王よ
笑みと喜びの中にこそあなたはふさわしい
笑みと喜びの中にこそあなたはふさわしいのです

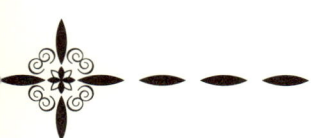

茶々のフィーリング問答3
―― テーマ「心と体」――

T 茶々は精神世界をどう思う?
茶 俗に言う精神世界に偏ってはいません。私は私が信じるものに忠実に純粋に進んでいるという感じかな。宇宙の仕組みを考えることはとてもワクワクすること。でも、私は全てが精神世界だと思っているから、物質世界と精神世界を分けていません。オシャレをしたり、カラオケやダンス、この3次元の物質世界も大いに楽しんでいます。だから、精神世界に大きく偏った人達といると窮屈さを感じることもあります。愛をうたい文句にする自己啓発や、セミナーは気をつけて参加することをおすすめします。
T あなたの生き方のベースはどこにあるのでしょう?
茶 「自分が自分をどう思っているか、自分はどうしたいか、だからこう生きてみよう」的な独自性を大切にしています。これは私のホロコープの天王星が効いているのかナ。私達自身、多次元的存在だと思っているので、世間や常識のモノサシではなく、自分の"こうしよう"という意志力が第1。だから、超常識家庭の反乱分子がワタシでした。
T 茶々って……独身ですよね。
茶 ごめんね。華・の……独身なのよへへへ。独身の自分が結婚とか愛とか語れないかもしれないけど、結婚制度とかの反発や両親との問題や、自分の女性性や男性性の問題などきちんと向き合って、その中のネガティブ性のエゴに力を与えなくなった時、ワタシの目の前に、白馬の王子様が現れたりして

……夢見る夢子だと思う？
T　決して、そうは思いませんけれど、結婚に関してはどう思っているの？
茶　結婚に関しては正直あんまり興味がないのよ。だけど魂が"うん"といってくれる人、人生をともにクリエイトしていける価値観を持つ人は絶対に欲しいですね。地球の進化を一緒に感じられる人が欲しいですね。人間的に人生を楽しみつつ、普遍的な恋や愛をしていけたらいいなぁと思う私なのですが。本音を言うと人間のワタシはまだ出てこないパートナーに非常にいらだっているワタシもいるかもね。"早く出てきてよ、何しているのよ、まだワタシが何かを準備しなければならないの？　もう準備出来ているのに……"っと焦っている自分もいるんでしょうね。チャンチャン！！
T　始めから占いを目指し、占いの世界に入ったの？
茶　前述したかもしれないけど、私はまず、身体方面、グラシックバレーを小さい時から習い、ジャズダンスのインストラクターをしたり、ヨガの学校をやったりしました。腰を悪くして、ダンスを断念、10年以上苦しみました。同時に、大切な人との別れがあり、感情がコントロールできませんでした。ここから、生と死を見つめ始め、この世の人間とはなにか、一体、心とは何なのか、どこから来て、どこに行くのか、宇宙とは一体どうなっているのかの探求が始まったのです。
T　占いに行く前に前段階がいろいろあったんですね。
茶　そうなの、精神世界のはしりってやつですか。あの頃、ニューエイジブームの前なので、心の世界に入ったのは早いですね。もちろん子供の頃から、たえずもう一人の自分を斜め後

に感じていた、変な子だったのですが……。
T　心理カウンセリングや、波動の世界、精神世界の講師もされていたんですよね。
茶　精神世界の講師としては（株）ヴォイスで数秘術を教えたり、カウンセラーやヒーラーとして講師をさせて頂きました。今は、文京女子生涯学習センター等のカルチャーセンターで、占いの講師をさせてもらっています。
T　じゃ、心と体を扱うのが得意なはずですね
茶　ハイ、まず、私は体を動かすことから入り、整体アロマを勉強し占いと体をドッキングすること「脳内エステの施術」というセラピーを考案しました。体の整体面においては東洋医学、漢方研究家の鎌江真吾氏に師事、賛同し、整体療法を学ばせて頂いています。心の方面は占いからカウンセリング、体は東洋医学、整体術により私は占いセラピー"脳内エステ"と名付けたのです。セラピーにおいては人間自身が無自覚だったことが意識化されることにより、影という低自我・エゴはもう力をもたないということを実感しつつ、占術や整体エステなどの仕事をさせて頂いています。もう一つ私が重要視していることは、太古の学問、エルメス学的な復活。俗に言うと、これらの事がわかり始めると、占術でも整体でもより深いヒーリング効果ありとみています。

ピラミッドは開く
──あなたの胸を貸して下さい──
✦・✦・✦・✦・✦・✦・✦・✦・✦・✦・✦・✦・✦・✦・✦

あなたの胸を貸して下さい
あなたが流してきた2000年の涙を
私にも流させて下さい

ごめんなさいね
あなたの胸は私の涙で一杯になってしまいますね

私の胸に顔をうずめて下さい
私は何万年もあなたを抱くでしょう

黒髪を腰までたらし
女達がピラミッドの頂上に立ちました
皮膚のすべての感覚が戻り
褐色の肌と黒い瞳をきわだたせ
ある一点を見つめました

おお　ファラオよ
おお　愛するエジプトよ
おお　愛するエジプトよ
はるかなる　愛の国エジプトよ
私達は戻りました
この日の為に
この日の為に

あなたを迎え入れる為に
おお
新しい太陽の出産を
全身全霊でうけとめる瞬間を待っていたのです
ピラミッドは開きました

わが太陽を受け入れるべく
ファラオ達はひざまづき
女達は全身が光となるでしょう

そして
その光のからだで
男たちを受け入れるでしょう

その為に何万年もあなたを抱いていたことをわかってもらえますか？

絶望とは昇りつつある太陽と同じこと

絶望の淵(ふち)に立っていると思っているあなた
あなたこそ地平線が見えるのだ
そして太陽が昇ってくるのが見えるのだ

だから絶望はない
絶望とは昇りつつある太陽と同じこと

あなたは昇る太陽そのものであり
沈みゆく者ではない
あなたが絶望している時でさえ
東の地平線に太陽は昇って来るではないか

だから絶望という
うそっぱちの喜劇は
もういいかげんにやめようではないか
うそっぱちの喜劇と
言ったわたしを怒らないで欲しい

言いたいことは
あなたの魂は
絶望など感じてないということだ

もう1度言いたい
絶望という名の人生を

生きていると感じてるあなた

あなたこそ最初に太陽を見る者だ
だから、絶望はなし

あなたは
愛される人であり
昇る太陽そのものであり
沈みゆく者ではない
沈みゆく者ではないのだ

年を取っているのか若返っているのか

かつて私の目が
褐色の大地に在った頃
私の顔を
何頭もの象が踏みつけて走り抜けた
私はしっかりとその地響きを感じ
象達を愛した

時が経ち私の目が海に移っていった時も
何万何千種の魚達が
私の巨大な衣(ころも)となった
魚達は好き好きに
北の海　南の海へと
衣変えを繰り返していった
彼らの泳ぎは
私の衣に
透明なレースの模様をやさしく描いてくれた
そしてわかったのです
ただそこにいるだけで
ただいるだけで
与え与えられ
見て見つめられていた
そう　少しくすぐったい
そう　心地良くくすぐったい
象の地響きも、魚達の衣も

　　　　　私の何をくすぐったというのだろう

　　　　さて　今私の目は自分に移り
　　　　　　　ふと思った
　　　　今　私は日々年を取っているのか
　　　　それとも刻一刻と若返っているのか

　　　　　　月を見つめているのか
　　　　　月に見つめられているのか

　　　　　　私は年を取っているのか
　　　　　それとも若返っているのか！

　　　　　私が若返っているとしたら
　　　若返っているのを知っているのは一体誰なのだ
　　　若返っているのを知っているのは一体誰なのだ

でも今私は　ワタシが若返っているのを知っている
　　　　　若返っているのを知っている

変化の時が来た
――私がワタシと思っている私を！――

かつてワタシは
山々を創造した
あの雄大な紫の山々を

またかつてワタシは
草花も創造できたのだ
そしてその可憐なエデンの園を
かろやかに飛ぶ蝶達も……

だがしかし
今私が創りだしているものは
悲しみ　怒り
対立　犠牲
老いていく力
無限の可能性のはずのワタシは
どこかにいってしまいは
目の前に限界の人生を創りあげた
そしてこの大都会という檻の中で
縮こまってびくついている
まさに呼吸もとまらんばかりに
あえいでいるのだ
ハアハア　ゼイゼイ
ハアハア　ゼイゼイ

もうこんなあえぎはマッピラダ
もうこんなあえぎはマッピラダ

さあ　変化の時が来た
あえぎを深く深く呼吸させ
あの灰色の高層ビルを
連なる山々に変えてみようではないか
都会を這う恐怖の風を
高らかに笑う風に変える時がきたのだ

どうする！
どうしたらいいのか！
最大の謎であり
最大の敵であり
最大に愛するものであり
最大に神秘である
ワタシを
引っくり返せ！
反転させるのだ
私がワタシと思っている私を……

心臓に眠っている　魂の奥の感情に旅をしようではないか
私たちがかつて持っていた
第３の目である至高の座を受け入れるのだ

最大の謎であり

最大の敵であり

最大に愛するものであり

最大に神秘である

ワタシを

引っくり返せ！

反転させるのだ

私がワタシと思っている私を……

注
・ワタシを反転させるのだ
　　自分だと思っている私の中の低我の私を大我に反転させるの意。

茶々のフィーリング問答4
——テーマ「愛と恋のちがい」——

T　恋の詩は少ないような気がします。でも随所に何かに対しての恋心のようなものを感じますが……。

茶　まず、私の恋心は特定の人物というより、見えない存在に対して持ち続けているって感じですね。私は情熱家ですが月が牡牛座にあってなんとボイド人間なんです。ボイドとは生まれた時に、他の惑星たちと作る角度差がなくなる時間の（専門的には月に対してのメジャーアスペクトがない）こと。この分野はじっくりと私も自分の内側を研究しているところです。月が牡牛ということは、太陽が情熱家でも心は非常に慎重かな。こう見えても慎重なんです（笑）。

T　すると恋に対しても慎重なんだ？

茶　いやいや、情熱家ですよ。しかし、情熱と慎重さの狭間で、情熱だけで動かない部分があるかもしれませ。恋をすると、情熱とマイペースの両方を持つということです。牡牛の月って意外と官能的なんですよ。ハッハッ。さて、恋と愛の違いだけど、トムはどう思う？

T　見返りを求めるものと求めないものとの違い、いや、終わりがあるのと無いとの違いかな？

茶　実際、この違いって顕在意識で言葉にするのは、難しいわよね。だって愛って一番難しい言葉じゃない？　でもこれだけは言えるけど、人間って愛を目的にするけど、愛って、土台始まりであって、そこから始まるんじゃないかな。恋と愛の違いを考えてみると、よく二人の世界ってあるでしょ。ふた

〜りの世界があ〜るから……♪♪、2人の世界に落ち込む感じ、これは茶々的に言って、愛とは呼ばない。収縮していくのが恋、拡大していくのが愛。科学的に言うと、エントロピーが恋、ネゲエントロピーが愛かな？　両方とも1つのエネルギーから発生しているので、恋が愛ではないと言っているのではなくて、恋の方向性のことを言っているんだけどイメージ伝わるかナ？

T　エントロピー、ネゲエントロピーって？

茶　簡単に言うと、ひとつのコップが割れてバラバラになるほうがエントロピー。バラバラになったコップがひとつになっていくのがネゲエントロピーって感じ。

T　エントロピー方向ってエゴ（意識を分離する個の方へ向ける低我）的なものなの？

茶　要するに我が身、我が子、俺の彼女、私の彼、我が国など、どこまでいっても固体としての自分との関わり。これが執着になりやすいわよね。でも自分の中には固体意識だけではなくて、友愛、博愛、普遍的なものが有るじゃない。そちらの方がより愛のような気がするのよね。でもそれじゃ人間として生きて人を好きになるって事が皆、エゴ的になるかといったら、夢も希望もないでしょ。　だからたくさん恋して、失恋して、そこで人の優しさ、苦しさ、慈しみ、そして豊かさを知って、愛に変わっていくんじゃないの。恋では許せなくても愛では、許しがあると思う。だから私は、もし相手に好きな人ができたとしても多分、それは許せる。

T　そうできるかな。

茶　だけど、そのかわり自分で愛する人が他の人を愛すってすば

らしいことだと納得できるまでには、恋をしてる時の私のエゴや執着や嫉妬や妬みや女のずるさや性の執着等、女性性のネガティブさがガンガンでて、どのように彼にあたるかわからないし、どのように自分が苦しむかわからない。それが終わって超えて相手を許し、でもその実、本当は自分を許す事なんですよね。そして、何度かこんな経験するとネガティブ性をみなくても、わざわざ自分が悲しまなくても、自分を責めなくてもOK！　許している自分ができてくるものかもしれないですね。ようするに、スイッチをエゴにするかエゴを切るか、恋愛とか愛とかに関わらず自分の感情の処理の仕方かな。でも逃げとは違うのよ。だから、さっき好きな人が浮気したりしても許せると言ったけど、悲しくて逃げるとは違うのよ。

T　逃げと許し？

茶　じっくり自分の感情を観察して怒りや悲しみを感じること。そこからステップアップをした時に自分は、一回り上の自分になっているんじゃないのかしら。その時にステージアップした自分にふさわしい相手がでてくるものなんですよね。それらは、自分が創り出している現実で、人生の遠回りでも何でもない。だからこそいつまでもスイッチをエゴ的なものに入れておくともったいないじゃない。100％燃えた恋と納得すればエゴのエネルギーは消えていくもの。その時はもはやエゴではない。エゴのエネルギーを納得させる、そのやり方が人それぞれ違うのよね。それが恋のパターン、愛のパターン、人生のパターンとなり、顔に表れたり、手に表れたりして、占星術で読んだり、手相、顔相でみえたりするのよね。

T　人間は、エゴを切ろうとかなくそうとするのではないということかな？

茶　そうなの。エゴとは低自我みたいなものでしょ。でも、まず人間は、個の確立がなければ始まらないじゃない。エゴを切るとか、失くそうとするというのは、西洋文化の手術みたいでしょ。こんなことしなくて、もう1人の自分がそのエゴを見ている。そういう自分をみてる自分、なるべく多く創り出す事によって、低自我の無自覚が自覚すると、それはもう昇華されエゴではなくなる。でも、エゴがあるのが人間界でしょ。だから苦しいじゃない。でも必ず喜びもくるじゃない。だから大丈夫。自分の今を信じることによって次のステップが必ずやってくる。今の自分を否定しないで肯定するスイッチの切りかえが大切かもね。この執着の切り換えのスイッチが1日の人もあれば、10年も1000年もかかる人がある。このパターンがある種のカルマのような気がする。

あなたに会う為に私はここに居る
──ブラボー2013──
★★★★★★★★★★★★★★★★★

あなたに会う為にここに居る
あなたは今再び力強く
かつ　やさしく私の子宮をめざす

私は光であなたを包み始めるでしょう
あなたは私の胸で１つになった後
私の豊かな乳房から再び生まれ出るでしょう
そう　だから
男達は乳のほろずっぱい香を覚えているのでしょう
そしてあなたは何度も何度もわたしの乳の匂いにたどり着く
すでに知っていた甘美な乳の匂い

かつて　あなたとわたしがバラバラだった頃
星星がそこにあった
このとき天が黄金であったという記憶はない

時がたち
父なるあなたの手が
私のあごを優しく押し上げ
天を仰ぎ見せられた
しかしそこには星はない
星はない
このとき星があったという記憶がないのだ

どういうことなのだろう？
全天が星で埋め尽くされているのか
天が眩しいばかりに光る
天が黄金色であることをこのとき知った
天が黄金色であることをこのとき知ったのだ

天とは黄金色なの？

わたしは言葉が出ない
ただただ涙がとまらない
体のふるえはあなたの抱擁の中に溶けていく

はっきりわかった
父なる　あなたに会う為にここに来た
そしてここにいる

2013黄金の天が再びめぐってきたら
私の言葉は愛となり
再び父なるあなたの愛を取り戻す

そして
黄金の天に喜びをきざんだことを思い出すだろう
そして今
まさにその喜びを抱こうとしている
待ちきれない2013年を抱きながら
ブラボー2013

私は言葉が出ない
ただただ
涙がとまらない
体のふるえは
あなたの抱擁の中に溶けていく

はっきりわかった
あなたに会う為にここに来た
そしてここにいる
待ちきれない2013年を抱きながら
待ちきれない2013年を抱きながら

注
・2013年
　　　マヤの暦は2012年12月22日までしかないという。俗に精神世界では2013年が
　　　どうも一つの節目と言われている。

7回愛でたメビウスの愛
★・★・★・★・★・★・★・★・★・★・★・★・★・★・★

地球を一周りしたら
あなたの心の奥に入っていってみよう
そして　こう呟くのだ
"恐れはなにもない
目の前の私を
ただ見つめて抱いてください"

あなたが今みつめて
愛でているアネモネはわたしなのですから

地球を一周りして
私の心にたどり着いてください
そうすれば
アナタはワタシのまなざしを通じて
あなた自身を見ていることに気づくでしょう
ワタシのまなざしはあなたのまなざしなのです
その時あなたは私に言う
"ようこそ！メビウスの王国へ"

アナタのまなざしと
ワタシのまなざしは
メビウスに交わり
メビウスにはじけて行く
こうして人は生を持ち

ダイナミックに動かされるのでしょうか

　　お互いのまなざしが地球を７回愛でた時
　　　確かめ合う愛は真実の愛であり
　　　メビウスの　へそへと帰っていく

　　　　　なぜなら　その時
　　メビウスのへそには天使が宿るからです
　　アナタのまなざしとワタシのまなざしが創り出す天使

　　　　　メビウスに交わり
　　　　　メビウスにはじけとぶ

　　　　こうして宇宙(コスモス)は創られ
　　　　流れて行くのでしょうか
　　　　こうして宇宙は創られ
　　　　流れて行くのでしょうか

注
・メビウスのへそ
　　宇宙はねじれを持つという、表裏の概念のない空間。この反転の場を筆者は
　　メビウスのへそと表現した。
・アナタはワタシのまなざしを通じてあなた自身を見ている
　　ほんとうはすべてあなた（自分）なのであり、見つめられる目もあなたであ
　　るという意を込めて。

わたしは会いたい
──真にしあわせを持つ者に　恐れのなき者に──
★・★・★・★・★・★・★・★・★・★・★・★・★・★・★

わたしは会いたい
真にしあわせを持つ者に！

あなたのおおきな胸にほほをうずめて
安心という海で眠りたい

ああ　無限の抱擁の何と透明なことか！

わたしは会いたい
恐れのなき者に！

その人に見つめられた瞬間に
わたしの恐れは消え失せるでしょう

ああ　やさしい鋭さの何て逞しいことか！
ああ　やさしい鋭さの何て逞しいことか！

わたしは会いたい
真に豊かな者に

どこからか声が聞こえてきた
"お互いの魂は出会いの準備で忙しい

愛の証として
青いスパークが始まるでしょう"と

わたしは会いたい
真の幸せをもつ者に！

わたしは会いたい
恐れのなき者に！

青いスパークの瞬間はもうそこまできている

注
・わたしは会いたい真に幸せ、豊かな者に！
　自分の外に幸せや豊かさはなく、すべて自分の内側にもつという意味での表現。

あなたに会いたい
―― 愛の稲妻が9回光ったら ――
★・★・★・★・★・★・★・★・★・★・★・★・★・★・★・★

あなたに会いたい
いつか そう あの日
太陽に投げキッスしているあなたを見たの

たまらなくセクシーで
わたしは思わず太陽になったように
胸がドキドキ踊ったワ
でもキッスはまだダメ
あなたをもっと感じさせて

だからお願い
愛の稲妻が9回光ったらあなたが欲しい

kiss me! キスして！
私の全身は喜びで震え
私の全てはあなたのもの
together   in the world always
あなたに会いたい
いつか　そうあの日

私が南の島で南十字星に語りかけていた時
あなたはどんな星と共にいたの？
私が何をお願いしていたかわかるかしら？

あなたに会いたい、ほんとにあなたに会いたい
私の心は
天使の羽根を広げて
南十字星の見える　あの島全部を包み込んでいたわ
ロマンスの島なんてものじゃない
今生　あなたに会えないなら
私のビッグバンはおこらない
そして、夜空に輝く星にはなれないわ

だからお願い　あなたが欲しい

私　知ってるの
私の１２の体を
全部包み込んでいるのはアナタでしょ

だから今
その抱擁を感じさせて

愛の稲妻が9回光ったら
私のすべてを抱いてください
私のすべてを抱いてください

あなたに会いたい
太陽に投げキッスしてる
まぶしすぎる　あなたに会いたい

メイプルポイント・五芒の王国
――歌おう・春が夏を抱く歌を――
★・★・★・★・★・★・★・★・★・★・★・★・★・★・★

どうやら　私達は
メイプルポイントで
出会う約束をしたようだ

彼の右手を
私の心臓へ導いた後
私達は命の鼓動と共に
螺旋の国　五芒星の国へといざなわれた

ああ　五芒の王国　！
我が愛するメイプルポイントよ
われらはこのポイントに収縮し拡散する

解るだろうか！
宇宙の鼓動が　このポイントから発しているのを
歌おう　この五芒の王国を
"春が夏を抱く歌"を歌うのだ

躍動しろ！
"夏が秋を剋す躍動を"

歌おう！
春が夏を抱く歌を

　　　　夏が秋を剋す躍動を

　　　ああ　五芒の王国
　　　我が愛するメイプルポイントよ

　　　　われらはこのポイントに
　　　　収縮し拡散する
　　　　宇宙の鼓動が聞こえる
　　　　　どうやら
　　　メイプルポイントでの出会いは　近い

注
・五芒の王国　メイプルポイント
　　五芒星の変化変動の動きの場のことを、メイプルポイントと名付けた。
・春が夏を抱く歌を
　　五行の木火土金水で春を木性とすれば、木性の春は火性の夏を抱いているという表現。

50億分の1の恋
―――のどかなる　凪(なぎ)の恋―――
★・★・★・★・★・★・★・★・★・★・★・★・★・★・★・★・★

ああ　なんという動揺だろうか
５０億分の１の地球人に恋をして
５０億倍にふくれて私の胸につきささる
まるで　５０億人すべての悲恋を　私一人が背負っているように

私が作り出している現実は今
悲しみの海でおおわれているようだ
いつ　静まるとも知れない大荒れの海に
もまれて　もまれて
アップ　アップ　もがいている
こんな動揺が来るとは誰が知っていたことだろう

呼吸もできない
悲しみと苦しみにつぶされそうな小さな心に
沈黙をも飲み込んでいる何者かが答えてきた

"凪がくる　凪がくる"
しかし　もがいているわたしには
何も聞こえないのだ

"凪がくる　凪がくる"
どうやってこの声が聞こえたかって

血を吐き
髪も真っ白になり
もはや目の力を失い
人のやさしさも
親切な声も受け入れず
呼吸と細胞の力が消え失せようとしたとき

このときまさに
私は聞こえた
"凪がくる　凪がくる
大丈夫　凪がくる　凪がくる"

このとき　そこには
まったく動揺のないワタシがいた
沈黙をも飲み込んでいる　ワタシがいたのだ
それからの私は変わった

人を愛するパターンを変えていこう
困難なほど素晴らしい　なんてもう止めよう
この波もいつかおさまる
その日を信じた
その日を　深い海の中にいる私は知っていたと言っていいだろう

のどかに　のんびりと
のどかに　のんびりと

５０億の地球人に恋をして
５０億倍にふくれた　しあわせを大いに受け入れよう

のどかに　のんびりと
のどかに　のんびりと

そのぐらい脳天気で　楽な恋でいいんじゃない
ワタシはこんな恋をこう名づけた
"のどかなる凪の恋"

あの輝くシリウスで会う約束を覚えていますか

あの輝くシリウスで会う約束を覚えていますか？
私が南を向いて月をながめ
あなたを感じている時
あなたは太陽に向かい
汗を流して走っていましたね

あの輝くシリウスで会う約束を覚えていますか
私はもう待てません
私はもう待てません

おお北斗の星よ
右すけ、左すけの力を借りてでも
わたしはあなたに会いたいのです
See You in Garaxy!
そうあの輝くシリウスで！

今だからこうして会えた
――ねえ　あなたいつ年をとるのを止めたの――
☆・*・☆・*・☆・*・☆・*・☆・*・☆・*・☆・*・☆・*・☆

"ねえ　あなたいつ年をとるのを止めたの"

いつしか誰かがわたしにそう呟いた
　　すると私の中の魂は
　すかさず微笑みながらこう言った

"歳なんて最初からとってないよ、歳なんてないじゃない"

しかし　人間の私が大変うるさくこんなことを訴えてくる
　"メデユーサよ　髪が白くなる前に会いたい人がいる
　　　だから私はおまえに振り返らない"

　　　　　　　　　メデユーサよ
　　わたしが振り返れば　石にされてしまうに違いない

　　　　　　それは私にとって困ることだ
　　　　　　　私には会いたい人がいる
　　　　　　　だから私は振りむかない
　　　　　　　どんなに悲しくても
　　　　　　　どんなに苦しくても
　　　　前を向いて歩いていこうと思っている

だからメデユーサよ
おまえの力は残念だが私には及ばない
おまえの力は残念だが私には及ばない

さて
私には会いたい人がいる
その人は髪をいとしく両手でかきあげて
私のまぶたにキスをするでしょう
そして私は言う

"どうしてもっと早く会えなかったの？"

その人は言う
"それはね、それはね、今、今だから会えたんだよ
いや　今じゃなきゃ会えなかった
君が苦しいとき
メデユーサのほうを向いていただろう
その時　君には僕が見えなかったのさ
今　君には僕が見える
そう　今君のぬくもりを感じているこの今には
メデユーサは介在できないからね"

注
・魂には感情の記憶という経験はあるが、年はないと考える。肉体の衰えだけをクローズアップするのではなく、魂的モノの見方ができる世の中に期待したい。

ゼウスのくちづけ

ある日夢を見た
さっそうと歩くその女神は
長いウェイビィーな黒髪がはずんでいた
何故か女神達はみな黒髪だった
向かうはパルテノン宮殿

白い大理石の床に
足を踏み入れると
採光がダイヤモンドの如く差し込んで
ほどよくまぶしい

中央には黒真珠のような
にぶ色の太柱がすくっと立ち
その奥から
ギリシャ神話から抜け出したんだろうか
白髪が垂れ下がった　片方の肩を丸出しにした神が現れた

その女神はその神と肩を抱き合い
長い廊下を歩き
中庭の短く刈られた芝生で
ゴロンと横になり
久しぶりの口づけをかわす

この唇のぬくもり

会わない間もずっと感じ続けていた
ゼウスの口づけだ

せつなく、甘く
優しく、たくましく
冷やかでかつ、　熱いゼウスのくちづけは
緑なす黒髪を持つ女神達を求め
過去、現在、未来を通して
すべての記憶をよみがえらせる

だから
黒髪の女神たちはゼウスのくちづけを待つ
永遠に……

ふと触れた手の先には
もはや緑なす黒髪はないわたしだが
私も待っているのだろうか
記憶をよみがえらせるゼウスのくちづけを……
ある日の短い夢だった

性の歪み
──もっと感じてみたら　女としての自分を！──
✱・✱・✱・✱・✱・✱・✱・✱・✱・✱・✱・✱・✱・✱・✱・✱

むかしむかし
アダムとイブの時代のある・・ときから
性エネルギーは歪んでいった
善悪の智恵の木の実を食べたイブが
アダムを誘惑し罪をおかさせた・・・と
この時から性の祝福を拒み始めた
この時から性の喜びを忘れていった

何千年たった今　女達に声が響き始めた
"もっと感じていい"
多くの女性が神と感応するはずの
聖なるバラのつぼみは閉じたまま
低きところで低き者と死の性を楽しみ
偽りのエクスタシーに酔いしれる日々
しかし女性達よ　私は感ずるのだ
幸いなことに私たちの聖なるバラのつぼみは
誰にも触れられてはいない
高き所から光の手に触れられたら
心と体のドアは
これ以上開かないほど　喜びで全開するでしょう

"もっと感じていい"
最も気高い　性のまぐあい　魂のまぐあい

私もその高揚と喜びを感じたいと願う者
エクスタシーが宇宙をつらぬくと
弾力ある暖かい場がつくられる
するとスパークした私の体の細胞　打ち震え
涙と共にすべての毒（黒きもの）が消えうせるでしょう
この時はっきり感じたことは
私のこのエクスタシーを待っていたのは　私だけではなかった
私を支えてくれていた魂たちや精霊達も
一緒に喜んでいる姿を私はみた
あふれる涙と共に！

むかしむかし
アダムとイブの時代のある……ときから
性エネルギーは歪んでいった

"もっと感じてみたら　女としての自分を！"
ならばワタシは応えよう
私を真正面に対峙されしその王に
私は抱かれたい
斜めからではなく正面に座られたその王に
私は真に溶けていく

王の香と私の香が混ざり合うと
風は体の内から吹き
天から星が降りだした

　　　　サーラー　ルーロー　オーム
　　その喜びのコトダマは北斗の星までこだまする
　　女たちの乳房は王の手で触れられた時だけ　女を感じ
　光の指が秘密の場所を探しあてた時だけ　女になれるのです
　　　　　このことを想い出して欲しい
　　　　あなたの真実の王に抱かれなさい
　　　そして感じるがいい自分と言うオンナを
　　　　　　思い切り声を上げなさい
　　　　　巫女の歓喜の声を聞くのです

　　　　　サーラー　ルーロー　オーム
　　あなたが女性に生まれてきたことを喜びなさい
　　　　そして感じるのです　女としての自分を
　　　　　感じきることを恐れていますか
　　　　　　感じきったらどうなる
　　　　　　　わかるでしょう
　　　　真のオトコとしてのあなたが出てきます
　　　それは真のオンナとしてのあなたです
　　　　　　　わかるでしょう
　　　真のあなたに対峙する王が出てくるでしょう
　　だからあなたの目の前にあなたの王が現れるのです

　　"さあ私の乳房に触れるといい　いとしき王よ
　　　　　　あなたを待っていた"
　　アダムとイヴからの性の歪みを去らせようではないか！
　　　　その人に出会えた女たちは幸いなり

　　　　　　　いや
もう出会っているのにわからないでいるあなたに幸せを！

茶々のフィーリング問答5
——テーマ「陰と陽の統合」——

T　陰と陽の統合ってどのようにとらえればいいのかな？

茶　DNAに二重螺旋があるように、内に向かうエネルギー例えば、女性性、想像力、消極性、月、そして外に向かうエネルギー、男性性、行動力、積極性、太陽など、今の世界は上と下、男と女、左と右、天と地などの陰と陽の二元性で成り立ってますよね。この二元性が終わり、第三の視点が出てくる時、集合的意識の反映として現実的に地球規模で極ジャンプ、ポールシフト、極移動という形で出てくるのではないでしょうか。

T　今、地球上ではネガティブな出来事がたくさん発生していますよね。

茶　核実験やダイオキシン問題、政治経済の大揺れなど、このように人間の意識が創り出した科学・化学物質が自然界にアンバランスをもたらし、当然エネルギーのアンバランスとして出てくると考えられますよね。これらが前述した「チャンドラの振動」の、地球の不安定な自転としてみられるのではないでしょうか。また、最近ではO157、鳥インフルエンザなど化学飼育飼料などで体の膜組織がやられることも否めませんね。魚類がやられ鳥類がやられ、ほ乳類にいくのも時間の問題かも知れませんね。だから膜組織のヒーリング経絡整体がこれから大切だと思っています。

T　「鶴と亀が滑った」のカゴメの童謡と何か関係しているの？

茶　鶴とは陽の場の陰性的意識活動、亀とは陰の場の陽性的意識

活動、この活動の交代が13000年の周期であると思われます。古来より東西南北それぞれ四獣の北に玄武、東に青龍、西に白虎、南に朱雀を置いています。よって北は玄武の亀（陰）に対応し南は朱雀の鶴（陽）に対応し、これらが滑るとは北と南、北極と南極の移動の暗示と考えられますよね。　意識的にみると陰と陽が滑るというより陰エネルギーと陽エネルギーの意識の統べる、スベル、すなわち統合、陰陽の2極の終わり、二元的考え方の終わりと考えられます。

T　するとどうなるの？

茶　人間ず〜っと持ちつづけていた善悪の考え方や精神と物質的な二元論的生活の終焉ってことでしょうね。ユートピアがこれから形成されるのかナ？　悪なんてほんとはないんだってわかったら、恐れで戦争もしなくていいじゃない。また、他の人は自分の反映なんだと感じ始めると真の友愛、みずがめ座の時代に入っていくんでしょうね。でもその前に産みの苦しみがある……と言われてますよね。

T　避けて通れない道か？

茶　"未来は明るい"これが私のモットーなのよ。でもその前に、自分の見たくない感情や情動の大掃除は必要だから、今みんな苦しそうじゃない。私が考えるに、地球は悪くなってないし、もともと持っていた物が、外へ現れたに過ぎないと私は思います。つまり、おできの様に外に出たということは治療可能で、もう内なる物としての力を持たない。だから確実に地球は良い方、進化に向かっている、"大丈夫！明るいのダ"。

火の女の冷たい孤独
―― 水火合一の合唱 ――

君は火のように迫り来る女の
冷たい孤独を愛した事があるだろうか！

君は水のように逃げる男の
熱い勇気を見た事があるだろうか！

火の女は笑いながら泣き
水の友は悲しみながら笑う

いつしか水と火は分かれ分かれになった
孤独と悲しみに憂れうようになったカタワレと
偽りの喜びとも知らずに浸るカタワレ
双子の姉妹のように
彼らは陰と陽の呼吸を繰り返した

ある時人々は
気づき始める
宇宙の産声オームとともに
水火合一の合唱が始まるのだ

"いずれわかるだろうが君はいつも双子なのだよ"と
誰かがこの上もなくやさしい声でささやいて

どこからか　水鏡が用意された
双子の姉妹はその水鏡を一緒に覗き込んだ
神の手に守られている水鏡の中には
なんと情熱の炎が写っていたのだ

すなわち
水のなかに写る燃え上がる炎だけは消せないのだ
炎は永遠に水と共にある

すなわち
火の女の孤独も情熱も
水の友の悲しみも勇気も
まさに合一されていることを水鏡は教えてくれた

"見たまえ！
いよいよ
双子の時代から8000年経った今
水火合一の合唱が水鏡の外へと
飛び出していくのを

これこそが水と火の真の合体なのだよ"と

注
・水火合一
　　双子座の時代から8000年程経ち水の質と火の質の意識の激突分離の時代は終わり、これからは水火合一統合の時代に入ることの意味を込めた詩。

偉大なる神の座
―― 松果体の光 ――
★・★・★・★・★・★・★・★・★・★・★・★・★・★・★

偉大なる神の座を目覚めさせよう
私はあるとき疑問に思った
鳥達が何故夜明けの晩に歌い始めるのか？

カゴメ　カゴメ　カゴの中の鳥は
地球夢中人の第３の眼なのか？
その場所に真のあなたは眠ったままでいる
松果体は閉じられたまま
恐れの奴隷となり果てたこの姿が今の私だ
さあ開いて
奥の院を開けて光を受け入れよう
生きることを
その美しさを

その時　エンシャントリバイバルは起こる
過去はよみがえり
私達は歓喜の歌を歌うだろう

そう　その時
すべてをすべてを受け入れ
何よりも私はワタシ自身を制すだろう
何よりもあなたは　あなた自身を制すだろう

神はそれぞれ
父を通じて父の人生となった
母を通じて母の人生となった
夫〈妻〉を通じて彼〈彼女〉の人生となった
子供を通じて子供らの人生となった
友人を通じて彼らの人生となった

神はそれぞれ
ワタシを通じて
ワタシの母　ワタシの父
ワタシの夫　ワタシの子供
ワタシの友人達というワタシの人生となった
そうワタシの人生のあらゆる現実のすべてになった

おお神とは
愛する者達があの夏語り合うコトバであり
砂浜の砂粒の1粒1粒であり
子供達の笑い声であり
春に舞う蝶の喜びの舞であり

おお神とは
父の怒りであり
母のやさしさであり
友の励ましである

しかし絶望も悲しみも

くやしさも　苦しさも神である
だからこそ希望も情熱も
生きることそのものが神であり
ありてあるもの
一瞬一瞬の躍動のあなたが神でないわけがない
それを私達は人間という形で表現しているだけなのだろう

いつか私達が太陽となる時
ただみてる存在になるのか
そこには判断というものはなく
ただありて在るものとして写るのか！
その時私達の私達への支配は終わり
恐怖は消えていることだろう

しかしそこに行く者は
悲しい者がいたら
一緒に感じてあげられる心をもつ者であり
怒りをも見つめることができた者かもしれない

悲しみや怒りから逃げなかった者に訪れる
恐れからの開放
これらは人間として一度はくぐる門なのか

そこを卒業すると
悲しみや怒りを
ただみている自分と出会うのだろう

お聞きなさいと神が云うのならこういうかもしれない

"1なるものに帰ろう
1なるものに帰ろう
おお
第三の目　大いなる座よ！
おお
君主の座　大いなる　心臓の鼓動よ！
よみがえれ
この進化という英知は父の胸の包容力であり
現実を創造する力であると"

そして松果体は再び光を放ち始め
かぐわしい香をかぐだろう

注
・松果体は再び光を放ち始める！
　松下体とは間脳の一部が突出した組織であり、人間の脳の深部に存在する。第三の目であり、神の座と言われている。今は退化してしまっているが、太古はここが発達していたようだ。再びここが機能し始め嗅覚や光の反応が活発になり、超次元とつながるであろうの意。

茶々のフィーリング問答6
────テーマ「コトタマ」────

T　言葉が持つエネルギー、コトタマとかチャクラって？

茶　密教や他の寺でもマントラや読経をしますよね。このように言葉の「響き」は言霊(ことたま)といって言葉のエネルギーといわれています。私は日本語の50音一つ一つにはそれぞれ波動の世界があり、次元構造をもつと考えます。よって生まれた生年月日や名には、目的があり個性という尊い現れがあり、言葉の響きは人生上に影響を与えると思われます。例えば私の名でいうと「チャチャはいい子だね」と育てられるか「チャチャは悪い子だね」とずっと言われ続けて育てられるかでは潜在意識に蓄積されるものが違いますよね。名の響き、音は松果体にも影響を及ぼし魂の成長とも関係があるのではないかとおもいますね。特に母音のアイウエオの波動は、7つの気の蓄積された体の空間であり出入り口である、チャクラに対応していると考えられています。

T．音の響きは体の部位に関係があるの？

茶　トム、全てがエネルギーでしょ、よって、言葉もエネルギーそのものよね。私の研究によると、㋔の音はヘソと尾てい骨のあたりに響き、㋐は胸部から頭頂のサハスラーラチャクラに感じます。コトタマを繰り返し唱えるということは、意識や肉体を浄化するだけでなく、集中力を増す事でしょう。又、オーン・オームのように㋔に㋯を加えることで尾てい骨から頭頂まで貫き、南無(なむ)の、すべての大元につながる振動の反応に、影響を与えると考えています。

我が名のコトタマ

★・★・★・★・★・★・★・★・★・★・★・★・★・★・★・★・★

我　生まれる前に音が響いた
我が父の愛のことたま
サ・カ・キ

我　生まれる前に水が振動した
我が母の愛のことたま
ハ・ラ

我は地球に生まれた
サ・カ・キ・ハ・ラ
榊の一枝(ひとえだ)として
大いなる源へ帰る
一つの道を示すために
この地上に逆気(サカキ)を顕現するために

我は　カ　ヅ　エ
我は　チャ　チャ
ありがとう
父よ　母よ　我が魂よ

愛のコトダマ
―― 刹那刹那に　いろはにほ――
★・★・★・★・★・★・★・★・★・★・★・★・★・★・★

よどんだ泥水
まるで人間界のドロドロのカオスから
花を咲かせていく　仏の花　蓮華
縦の世界ではなく　水面の横の広がりに
銀の世界を作り出す
仏の銀の一大イベントだ

"ポン　ポーン　ポン"と花が歌う
泥水の中から悟りの音色を聞いてみよう
刹那刹那に　い・ろ・は・に・ほ・・・・・
母のコトダマ

私の中のアニマ（女性性）に頼りながら
私のドロドロの心から
花を咲かせてみよう
悲しみや執着から開放される
ポンという音を聞くだろう
そしてそれは　オーーームと響き渡る

私の中のアニマの怒りが
生きた弾丸となり　静まらない
この弾丸は何を間違えたか

　　　　　傲慢な世界に
　　　私を引っ張ろうとするではないか

　　　　　この強引な力に
　　　　　　待った！をかけ
　　刹那刹那に　ひ・ふ・み・よ・い・・・・
　　　　　　父のコトダマ

　　私の中のアニムス（男性性）に問えば
　　　この昇華された怒りの弾丸は
　　縦の世界に入り金の世界を創り出す
　　　　高野に咲く神の花　菊だ
　　　　　神の金の一大イベント

　そして刹那刹那に　あ・い・う・え・お・・・・
　　　　　　愛のコトダマ
　　　はすの花ときくの花の合体
　　　　　　仏と神の合体

　　刹那刹那に　あ・え・い・お・う・・・・・
　　　　　　愛のコトダマ

　　　　　もう一つ大きく
　　　　　縦と横の合体
　　刹那刹那に　あ・お・う・え・い・・・・・・
　　　　　　愛のコトダマ

愛のコトダマ

注
・アニマ
　　男性の内にある女性像、女性性
・アニムス
　　女性の内にある男性像、男性性
・いろはは母性性
　　ひふみは父性性を表わしこの横と縦の波動の関係性を表現した。

春に舞うおんなたちに告ぐ

春に舞うおんなたちに告ぐ
そうそう　そうやって舞い続けていてくれないか
舞い続けるおまえたちのへそから
オレンジレッドの光の輪のダンスが始まる
父と子　神と人間とのダイナミックな言葉となって
この星(地球(テラ))に十二単を着せていく

春に舞うおんな達よ何を待ち続けてる
甘い接吻？
父の抱擁？
どうだろう　待ち続ける女達よ　もう待つのをやめたらいかがかな

すると　おんな達よ　誰かがこう耳にささやくかもしれない
"剣をとれ"
"おまえ達の愛した父から剣をとれ"と

しかし　どうだろう待ち続ける女達よ
もはや誰からも剣をとる必要はないと知ってもよいだろう
おまえ達の掌中をみよ
すでに剣はそこにある
そしてその剣が光の剣に変わるまで
父と戦っていたことをご存知か

やれ父よ
やれ神よ
私は苦しい苦しいといって
懐の愛の剣はさびていった

どうだろう
春を舞うおんな達よ
何かを待ちつづけるおんな達よ

弱い父と踊ってはくれないだろうか
不器用な神に接吻をしてはくれないだろうか

どうだろう
光の剣を取り戻してきただろうか
そうそこだ
愛の剣はそこにある
お前達の心臓は
今まさに動き始めようとしている

舞おう　春を舞おう！
それでこそ私達のダイナミックな鼓動なのだ
舞おう　春を舞おう！
愛は今まさに動き始めようとしている

茶々のフィーリング問答7
――テーマ「月と太陽」――

T　詩には、月や太陽が所々に顔を出しますね？

茶　月は個人の人格の陰陽の影を司り、内に秘めていく求心性のエネルギーを現します。特に幼児期に形成された感情の傾向性を、現すと思ってください。意識しづらいのですが、快不快、好き嫌い、あるいは母性性などで現れてきます。又、モノや肉体、物質的執着や感情の執着の反応もこの「月」の作用と言えるでしょう。

T　では太陽は何を現しているのですか？

茶　月が内に秘めていくエネルギーだとしたら太陽は外に打ち出す陽のエネルギーであり行動力であり、個人の主体的行動力や意志力。意識構造としては個人の過去から未来の記憶までもつと考えてもおもしろいでしょう。

T　総合的データベースか？

茶　そうね、いわゆる茶々式に云うと個人の全ての記憶をもつ個人の魂の源とでもいいましょうか。月や、水星、金星のパーソナルな能力を統合する意志が太陽といえるでしょうネ。

T　なるほどね。

茶　よって個人の陰陽エネルギーに関わる代表が太陽と月なので、自然に太古からクローズアップされるのですね。一つ面白い事、教えちゃおうかナ。日常でも使えるんですけどね。月の新月の時は始まり、原因、満月の時は、結果、実りとおぼえておくと用意ドンで新月でスタート、満月でピーク、何かに挑戦してみても面白いわよ。

もう泣かない月
――最後の満月に――
★・★・★・★・★・★・★・★・★・★・★・★・★・★・★・★・★

そう　この香りです
このなつかしくかぐわしい香りを匂いでいる時だけ
私はワタシに触れることができるのです

あの　あやしいほど白く輝く月の体
月は月であることを知らず
私はワタシであることを知りません

何千年も涙をため、
来る日も来る日も
喜びや悲しみを飲み込んできた　この月は
もう　泣くことをやめました

何千年の涙は植物が光合成をするように
一気に変化をとげていくことでしょう

だから私は
この最後の満月にヒマワリを抱いています
太陽に向く花の　この香りを抱いているのです

そして　みてください
もう泣くことをやめた月は

緑の光を放ち始めるでしょう

その時　私はワタシという自己を知り
月は月であることを知るでしょう

見ててください
もう泣くことをやめた月は
緑の光を放ち始めるでしょう

最後の満月に
最後の満月に

これ以上丸くなれない月

これ以上丸くなれない月に向かって
君はウィンクをしたことがあるかい？
月はどんな表情を返してきたか
覚えているかい
そして　回りの星々はどんな反応をしただろうか

"そんなこと"
という君
一度試してみてもいいだろう
その時　君は感じる
月光の中で癒されている事を
ふと　見ると月光の中で
君は衣を脱ぎ捨てている
もう一人の自分を発見するだろう

じゃ　月のない晩の君はどうしてる
君はしっかりと衣を着て
襟元をみじんもみだらにはしていない

そう　月のない夜は
衣を脱げない自分を発見して　驚くだろうね
そして　もうひとつ
君に感じてほしいのは　月のない夜の星々達の顔さ

どんな光り方をしているか
どんな輝きで返してくるか
君はしっかり　つかみ取ることができるのさ

びっくりする事を教えようか
君達が脱ぎ捨てた衣が
あの暗闇を創っていると知ることさ
何万何千という脱ぎ捨てられた衣の残骸
だから　あの暗闇が君の衣の残骸だとしたら
もう　闇は怖くはないよね

闇がこわいものでないとわかると
もう大丈夫でしょ
きみは１人で立っていられるよ
さあ今日も
これ以上丸くなれない月に向かってウインクしてみるかい・・・
こうやって天を黄金に変えていってもいいじゃないか
こうやって天を黄金に変えていってもいいじゃないか
さあ
黄金パラダイスの始まり
は・じ・ま・り

ガリレオさん　どっちもどっち
★・★・★・★・★・★・★・★・★・★・★・★・★・★

16世紀の声が聞こえてくる
イタリア　ドオウモ広場
8度の傾きをもつピサの斜塔から
ぶつぶつと呟きがもれてくる
首を8度かしげて
ガリレオの苦悩も聞こえてきた

向こうに見える山々が地を代表してこう言った
"ガリレオさん
地動説も天動説も同じだよ
どっちもどっち
あっちからとこっちから
あなたがどっちから見てるかでしょ"

でも　ガリレオさんが
"地球が動く"と言ってくれたから
話は早いや
天も地もどっちもどっち
これがわかったら
もう地球は回らなくてもいいかもネ
もう地球は回らなくてもいいかもネ

注
・地動説も天動説も同じだよ
　　地球から見れば天が動くように見えるし、天から見れば地球が動くように見える。神側か人間側か、どちらから見るかによる。右回り、左回りも自分と相手では逆になる。

山を削る者達よ
―― 迷子の人間達 ――

山を削る者達よ
よく聞け！
削っているその山はお前達の脳みそだ

海を汚している者達よ
よく聞け
汚してるその海は私達の子宮だ
腹の中だ

ミクロを扱う科学者よ
よく聞け！
顕微鏡の世界をいじってはいけない
原子の叫びが聞こえないのか

山を削る者達よ
海を汚す者よ
心なき科学者よ
心の迷子になっていることがわからないのか
もうすぐ山や海を構成している
原子の声を聞くことができるだろう
　その時　お前達の脳が
心臓が　肺が
どう叫ぶか

よく聞いておけ

そう
もうすぐ真実の海や山に戻っていく

そして
そのやさしさや美しさに触れたなら
削ることも
切ることも
取り去ることもしなくていい
共存の世界が来る
よく感じて欲しい！
共存の世界に住まう私達を！

そう
迷子の人間達は
共存して始めて
迷子から抜けだせる
もう私達は迷子ではない時代が来るだろう！

注
・地球には多次元が存在しているのに一つの空間しか見えていない人間。ミクロの世界やマクロの世界は次元が違う。この次元が違う場にまで人間の化学・科学が進入することに警鐘を鳴らした詩。

茶々のフィーリング問答8
——テーマ「感情と五行思想」——

T　人間の感情はどのように占術上表わされるのですか？

茶　単独でこれが怒りですとか、この見方が感情ですとは言えませんが、西洋占星術的に言えば、例えば「優しさ」の代名詞のような魚座があります。特にこの水エレメントの要素が人間的に優しく感じられるのですが、12星座すべてにそれぞれの「優しさ」があると考えた方がいいですね。

T　東洋の五行思想ではどうやって感情をみるの？

茶　月がどうなっているから感情的にこうなり易いとか、いろんな要素が重なって単独では言えないですが、東洋的にはエレメント、木火土金水の五行思想で、火の要素が情熱やパワー表現力などを現したりします。しかし、ネガティブ的に表現されると、火は怒りの要素の一面はありますね。このエネルギーを上昇する知性のほうへ持っていくか、いかないかで火山の感情爆発になってしまうような宿命を潜在的に持つ、ということは言えるかもしれません。

T　また火山と怒りの関係っておもしろそうですね。

茶　私がちょっとくさいなと思っているのは、太陽系の火星の赤道には「タルシス」の名で知られる巨大火山があって、引力異常事象としては太陽系最大のものとして知られていると読んだことがあるの。地球にも火山がたくさんあるけれど、けっこう怒りの象徴として火星のこの大火山の研究はおもしろいかもね。もっとすごいのは2004年8月の段階で公表されてはいないけど、土星探査機カッシーニが、ガス型惑星とされ

ている木星には大地があって富士山の何百倍もの巨大火山がある証拠をつきとめたらしいのよ。もしこれがほんとうなら天文学者や科学者など腰を抜かす人が出てくるかもね。

T　感情は人間のからだにも影響するよね？

茶　もちろん怒りは人間のからだでは肝臓の経絡と関係してくるかもしれません。悲しんだりすれば肺機能がやられたり、この辺、もっとさそり座の科学者や、整体師さんが突き詰めてくれると面白いかも。もちろん私も研究中です。

T　茶々は星を物質とみてないの？

茶　はい、要するに太陽系の星のひとつひとつは、ただの土や気体の固まりという見方ではなく、人間の意識活動の多面的な現れが太陽系ひとつずつの星に現れていると私は考えています。だから人間の集合的意識が変われば、宇宙の見え方が変わったり、星が現われたり。そうそう、惑星Xなる第10番目の惑星が現われたわよね。集合意識が変わって星が現われた。いよいよですね。

占星術的にいっても12個（太陽、月を加えて）の惑星が揃ったら、占星術も変わるし、社会も変化する。ワクワクしちゃう！

意地悪い私
――私はもう意地悪く　背中を押さなくてもいい――
★*★*★*★*★*★*★*★*★*★*★*★*★*★

暗闇にずっと広がった私の体は
もしかしたら
目に一杯涙をためている人の背中を
意地悪く押すかもしれない

私が　もし
ロミオとジュリエットのような悲恋を楽しんでいる
七つのエゴを解っているのなら
七つの喜びも解るのではないか

この山も
あの山も
この海も
あの海も

裸足で生まれ
裸足で育った者にとっては同じ

七つの山
七つの海
七つの笑い

七つのオーガズムと共にあろう

七つのオーガズムと共にあろう

意地悪い私は
背中を押されて倒れそうになった満員電車の中で
目の前の人に支えられた
その人の前ボタンが
七つ光っていた

私はもう意地悪く背中を押さなくてもいい
意地悪く背中を押さなくてもいい

エデンの園の異次元体験

何故か今日はレモンの匂いに誘われて
エデンの園へ導かれた

入り口で愛想よく鼻で笑って
迎えてくれた象のアポロ

優しさをたたえた　このどっしりした体
彼の魂がなつかしい
ああ私はたまらなくアポロが好き

ひょっとすると
私のアダムは小太りの小錦みたいかな
なんて思いながら

奥へ奥へと入って行った
アポロの背中にまたがって
どしっ　どしっと　大地を踏みしめる
うーん　この感覚！
大地がまだ若い
天も地も人も　まだ若いのだ
ここは　できたてのエデンの園だ
地響きとともに突然アポロが走りだした

恋を語っていた鳥達も一斉に飛び立った
何が起こったのだ
はるかかなたに
青白くスパークした電磁場が　騒がしく光る
アポロはわき目もふらず
その光りに向かって突進して行く
近づくと　青いスパークした光の中に
このうえもなく美しい
生まれたて？の人間がいた
アダム？　アダムなの？
"あら　ってことは　わたしはイブ？"

この私が　アダムの立っている
青いスパーク光の中に
何のためらいもなく入っていけると思う？
しかし　奇跡が起きた
背中にむずがゆい痛みを感じたかと思うと
あら大変　天使の羽根がはえちゃった
真っ白の　みごとなまでに美しく　整った羽根

そしておもしろいことにアポロの長い鼻は
赤いじゅうたんの階段と化して
私をアダムの所へ行けと言わんばかりに導いてくれた
さしずめガラスの靴は　はいてないので
シンデレラにはならないだろうが
ひょっとしたら　玉の輿？

エデンの園の王子様？
そんな冗談言ってる場合じゃない
青い光の中のアダムは微笑んで私をみた
私が微笑み返すと

アレ〜　と言う間もなく私は宙を旅した
私はどこ　ここは何処？
すごい！
天も地も人も古い
若い出来立てのエデンの園から
重厚なエデンの園まで垣間見てしまった
異次元体験　ナアンダ
エデンの園の中も多重だったのね

ああ、アダム　私のアダム
私の王子は１２の衣をまとった王子
さあ　私は何番目の衣をまとった王子と
出会ったのでしょうか
そしてあなたは何番目の衣をまとった王子と出会っているのでしょうか

神の自慢のサンテラス
──オレンジレッドの炎でゆれている──
★☆★☆★☆★☆★☆★☆★☆★☆★☆★☆★

ピンと張られた
しかも肌に直接触れて
心地よいシーツに横になっていると
ふと思うことがある

男たちの身勝手でかわいいロマンも
女たちの口うるさい現実もいいんじゃない

笑えない喜劇も
笑える悲劇もまあ　いいんじゃない

サド的な文学や芸術も
マゾ的な恋愛もあるんだよね
聞きたくもない演歌も
心を打つゴスペルも人によるナア
伝統的な権力者も
権力にへつらって生きてるやつらも
いるんだよネ

自分の人生を創造している　すごいと思う人と
自分を生きてないで
他人の人生を生きている人も呼吸をしている

勇気ある自分が人生を踊れば
マンネリ化した自分も　アクビしながら踊ってる

かわいくない自己顕示欲も
よそいきの会話も
少し背伸びした自分も
いるんだよねえ

興味ない宗教も
何てこともない超能力も
単純な空想力も
この世に生まれてきた不満も
ここにこうしてる不満も
両親への不満も
人間を恐れてる自分も
神を恐れてる自分も
自分をいじめてる自分も
じぶんを恐れている自分も
ここに生きている
そう　これらをすべて
そう　これらをすべて

のんびりポカポカした
自由自在の空想力とともに
自慢の愛のサンテラスで
ひなたぼっこをさせてあげたい

金星という愛のビーナスを友として
木星へとランデブーする為に
あなたのサンテラスは開かれてる
そう神の自慢のサンテラスは
あなた自身の心の中

だから
心という
あなたの自慢の愛のサンテラスは
オレンジレッドの炎でゆれている

私のイエスが間もなく現れる
―― 歪んだ私 ――

最近　鏡に映った自分の顔が　歪んで見える
ああ　これが本当の私なんだと苦笑いすると
苦笑いした鏡の向こうの私は
"あなたが歪んでるだけよ"と言った
右目は過去を追い　左目は未来を恐れている
雲の上の神様は　この私の歪んだ顔を　何とも思ってない

イエスが愛したマグダラのマリアを想いだした
イエスはマリアの歪みも共に愛したのだから
だがしかし、自分は一体　娼婦か娼婦でないか　何故悩むのだろう
この悩む心は一体何物なのか
答えてほしい
この答えは間もなく得られるであろう
処女である私と　娼婦である私
両方愛してくれるイエスが　間もなく現れる

歪んだ私も
歪んでない私も
両方の私を愛してくれる　私のイエスが
間もなく　間もなく現れる

富士山に煙突は似合わない

新富士の駅から見える富士の山
心なしか元気がない
富士に煙突は似合わない
何本も乱立した煙突から
息苦しそうに吐かれる煙
人間の手で人間の頭脳で
吐き出される煙よ
どうか富士の顔に　吹きかけないでおくれ
どうか富士の体を汚さないでおくれ
弱り切っている者を　足げりにする者は
自分のヘソの力を感じることはないのだろう

富士を呼吸させておくれ
日本をゆっくり呼吸させておくれ

ならばそう訴えている者達は豊かに生きてるだろうか
穏やかに反省してみよう
穏やかに生きてみよう
豊かに考えてみよう

富士に煙突は似合わない
富士に煙突は似合わない

1997　都会を見つめる目

西暦1997　都会を見つめる目があった

かつて地球という星の東京に
山手線という電車があったころ
その目は新宿という町の
ほぼ壊れかかったネオン砂漠を
５両目の扉から見つめていた

かつて地球に　電気というものがあった頃
照らし出されていた　マッチ箱のビルの中
遅くまで仕事をしている人々の
無表情な顔　顔　顔があった
1997の目は
それらの顔を呑み込んでいった

家族がいるであろう　中年族の赤ら顔の酔っ払い達
家路を急ぐ無表情で歩く　オフィスレディ達
しかし　顔見知り達はネオン砂漠の中でも
笑顔でニッコリ　微笑みかけていた

この微笑みの中はオアシスであったことを目は見ていた
１９９７　都会を見つめる目が存在したことを
だれも知らない
だれも知らない1997年　秋の目は

しっかり確かに
ネオン砂漠を焼きつけたのだった
"かつて地球という星では
誰もが知る町であった" と

茶々のフィーリング問答9
―― テーマ「人生経験とチャネル」――

T　茶々は、人生経験をどのようにしてプラスにしていったの？

茶　当たり前の事だと思うけど、この年まで生きていると、たくさんの人生経験をつんでいるのよね。人間関係の中で苦しんで、泣いて、笑って、許して、そして感謝する。もちろん許しきれない自分もいるけど。自分を知り、自分がわかると、次のステージが来るってヤツかな。次のステージでも又、泣いて笑ってを繰り返すけれど、少しずつ自分をみている自分が創られてくるじゃない。自分を見つめる自分かな。すると怒っている自分を見ているとか、悲しんでいる自分を見ている時などに、声が聞こえてくるの。私の場合は結構、さっぱりしたサバサバと泣いている私に向かって「それがどうしたの。宇宙の悩みに比べたら小さい小さいってネ」

T　そんなに軽く言ってくれちゃうの？

茶　そうなの。このようにすっごく苦しんでいる私に、簡単に言ってくれちゃって。最近、この声が聞こえたのは、私が泣きながら掃除していた時。だから、私は掃除する手を止めて、ここが射手座だよね、楽観的だから。「そうか！抜けられるよね。ここ抜けなきゃ次行けないもんね。こんな個人的悩み、大丈夫、大丈夫。私はこの悲しみに力を与えるのやめよう！」と思った瞬間、肩の力がスーっと抜けて、呼吸が深くできるようになり、なんとその晩、私は結婚している夢を見たのです。

T　白馬の王子様か？でもみんな同じようには抜けられないよね？

茶　人によって違う。火の要素の強い人　火や風の星座、五行で火性の強い人、巳・午の年や日の生まれの人などは割と、それがどうしたの的、キツイ言葉で"よ〜し"と思っちゃうんだけど、水のエレメントが強い人にはこれは不適応。　水的な魚座や蠍、蟹、あるいは土星性を持ち合わす人、生まれた日のエネルギー数に①を持つ人、あるいは子年生まれや子の日生まれなど、これらの要素を持つ人には、火の人のようなきつくて、楽天的展開よりも、一緒に泣いてあげたり、気持ちを共感してあげたりした方が抜け易いですネ。水の人はその感情にどっぷり浸り易いですから、何回も同じような機会を、人生上に創り出してしまいがち。だからこのような方には霊感が発達したり、霊能力に目覚めたりする人が多いでしょ。だからこそ見えない世界の探求をしたり、一点に集中し探求するエネルギーが他の人よりも強いといえますね。

T　人間って何回も同じ悲しみ、苦しみを繰り返しているじゃない。

茶　人間、何回も同じ悲しみ苦しみを繰り返すほどおバカさんなんだけど、でもそこから真の強さと慈しみや思いやりや真の母性やリーダーシップが養われるものではないでしょうか。

T　確かにその通り、必ず少しずつ学習してゆくからね。

茶　人間界の苦しい人間関係において、よく"許しなさい"と宗教みたいな精神世界では言うけれど、真に許すとは、苦しい人間関係の相手を許すというより、そういう人間関係を人生上に創った自分を許すのだと思いますね。

T　自分との対決、いや対話かな？

茶　わたしも仕事上、すごくきつくて、両肩を脱臼してしまい、

いまだに5、6年以上引きずっています。その仕事上のことは思い出すと苦しいので、まだワタシのエゴが力を持っているのでしょう。私はそのとき考え、悩みました。　結論として、私が命をかけるくらい惚れ込んだ太古の人生哲学の理論から離れました。

T　そう言うきっかけがあったんだ
茶　悲しかったり苦しかったり怒りの感情があったのは事実ですが、これも私のエゴとわかり、相手に言われた、自分にとって苦しいことを否定しないで、私がやれることは何なのかを自分に問い続けました。その答えは自分が"きちんと自立しよう、私がワタシを誉めてあげられるぐらい、自己確立してみよう！"てね。……そして、その組織から離れました……
　　沈黙（ちゃちゃのなみだ）
T　ごめん、泣かせちゃった。
茶　ごめんなさい。火の女が涙もろいってわかったでしょ。恥ずかしいなあ。でもこの相手の一言のパンチをバネにする事。これが西洋占星術によるスクエア90度の関係（現実的にキツイ突発的な出来事を人生上に引き寄せるなど）かもしれませんね。　私がきちんと自己確立できた時、その時またお互いにとってナニカの関係性が生まれるかもしれませんからね。よって火が強い人も水が強い人もどっちがいい悪いってことは全くなく、在りて在る者、ただその人としてその人の個性として存在してるにすぎないということをこうやって悟っていくというか、わかり始めたのです。

アルファにしてオメガ

始まりの日を告げられてもいず
夜明けの晩に最初の爆発があり
ワタシが生まれでた
ワタシはアルファにしてオメガの都に住む者
アナタとはオメガとアルファの間に座す者
アナタとはオメガとアルファの間に座す者

始まりの日を告げられてもいず
新しい太陽とともに最初の爆発があり
ワタシは生まれでた
ワタシは生まれでた
ワタシはアルファにしてオメガの間に生まれでた者
そしてこれからも
ワタシはオメガにしてアルファの間に生まれでる

この世に生まれ落ちる赤子
――プレアデスの母よ！　ありがとう――
★・★・★・★・★・★・★・★・★・★・★・★・★・★・★

ある赤子がこの世に生まれ落ちようとする時
"準備できましたよ"と合図した
陣痛という形で
そして苦しい産道を通ってこの世に耐える力をつけた
すべてを経験してきた赤子は
そう　今まさに生まれ出ようとしている

この世の最初の香を匂いだ
美しい香りを匂げた
この世で最初に触れたもの　この世で最初に見たもの
すべてが記憶された
そして自分のホルモンをなめた

ある赤子は　まだ準備ができてないのに
"まだだよ　まだだよ"と言っているのに
むりやり準備をさせられた　陣痛促進剤によって
そしてこの世の抵抗力をつけるために必要な
苦しい産道を通らずして　生まれ出た
会陰切開という形で

この世の最初の香を匂いだ
最初の臭いは苦しかった
排気ガス　芳香剤

この世で最初に触れたものは
それは痛かった
皮膚にしみついた
そしてすべてが記憶された
苦しみの香として

このように生まれてきた私達は
これから　生まれ出る赤子たちの
豊かで力強い　産声が聞きたいと願う
そしてそのように
ずっとプレアデスの母達に見守られていた

そう　人間界は辛いものではないよと
人間界の入リ口に
光の環境を創ってあげたい
そして　この光の入リ口が
そのまま　光の出口となる地球にしたいものだ

赤子達は
この入リ口すべてを記憶する
今プレアデスの母達が呼びかける
"さあ　地球よ、地球の母たちよ！
もう心配いらないよ
美しい呼吸が聞こえてくる
もう　すぐそこに

赤子たちは喜びの記憶を始めますよ
もう　すぐここに
喜びの記憶の世界が創られますよ"と

プレアデスの母達は
この時地球を離れることができるのです

プレアデスの母よ！ありがとう
地球自身が母離れする時は近い！

注
・プレアデス
　　プレアデス散開星団のこと。昴とも呼ばれる。プレアデスの星と地球の陰の
　　母性との関係性を考え、これから地球の意識はこの母性の場から陽の気を立
　　ちあげていく。その意味で地球自身の母離れという言葉で表現をした。

不動明王が立つ

白い月の下に　不動明王が立つ
あくまでもどこまでも白く輝く月の下に
右手にしっかり黄金の剣をもって
人間たちをにらんでいる

君は不動明王の涙を見たことがあるだろうか
不動明王の涙のひとしずくは
大きな　大きな海だった

そこにはたくさんの人間の涙があった
愛する人を失った悲しみの涙
裏切られたと思った無念の涙
人を傷つけ　また傷つけられたと思ったくやし涙

そして　最も多くを占めていたのがすべてを許す涙
そう　慈しみの涙だったのだ

これらすべてを受け入れた時
カルマを反射する目を持ったのだろうか
人間をカルマから断ち切る厳しい目
だから不動明王は厳しい顔をしている

人間よ
真に上昇する凪(なぎ)の波

イザナギを感じた時
涙にはならないはずだ
全身のスパークする時が来る
そこにはもう涙はなかった
そこからは涙はいらない
ここからは　涙はいらない

カルマ666から聖なる777へ
そう人間たちが
どんな涙からも開放される時
"カゴメ　カゴメ　籠の中の鳥"の開放だ
私達の魂の解放だ
私達の霊性の解放だ

"カルマ666"として　しっかり編まれたカルマの糸は
"聖なる777"をもって開放される

だから
もう不動明王の涙を見なくてもいい
もう不動明王の涙を流させはしない

"ご苦労様　不動明王"

注
・カルマ666から聖なる777へ
　カゴメの六芒星を物質世界の象徴として見、ここに閉じ込められた霊性が解放されるの意を数をもって表現したもの。
・凪の波イザナギ
　イザナギを意識の波動を0ポイントのニュートラル状態にする進化上昇の波としてとらえ、イザナミを意識の波動が大きく動揺する意味で下降の意味として表現した詩。

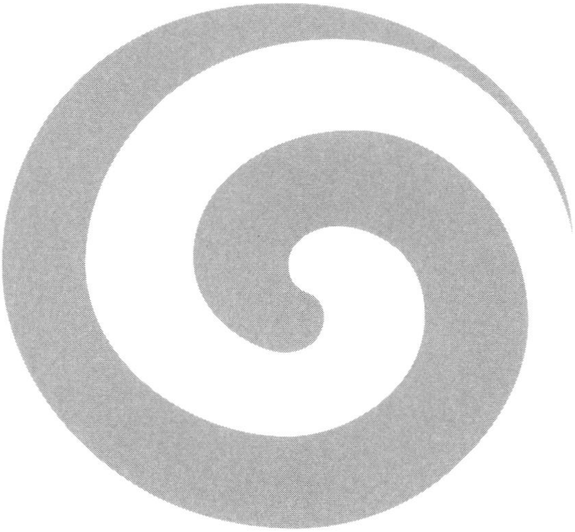

茶々のフィーリング問答10
──テーマ「占いって何なの？」──

T 茶々、占いってそもそも何なの？"あの占い師はズバリ当たる"と評判がたつとズラリと人々が並んで待つ、何ヶ月先まで予約済み状態もめずらしくないよね。

茶 そうね。そういう占い師の方もいらっしゃるけど、私はあたるあたらないというのは問題にしていないんですよ。占いのお偉い先生方に怒られそうですけど（笑）、というのは人というのは∞の可能性と意志力を持っていますよね。動物の中で唯一選択する自由意志、意識するということができるのは人間だけじゃない？又、人が∞の可能性を持つということは逆説的に言うと何を言っても当たると言うことも言えるわよね。

T その意志力を重視するということですね。

茶 人生の瞬間瞬間の意識する力、選択する意志力が第一。要するに何かに悩んだ時というのは、悩みの奥に何があるかを見極めることが大切で、いつものパターンを繰り返している自分の心の習慣みたいなものを、まず意識しなければ何も変化していかないと思うのよ。

T それを意識することにより、人生に変化が訪れるという事？

茶 私にとって"占う"とは、その人の人生パターンを認識させ、そのゆがみを本来もつ可能性へと向かわせることなのよ。要するに占いはそのプロセスの一つのツール（道具）です。

Q じゃあ占い師にはカウンセリング的な要素が大切って事？

茶 占いという仕事をどのように認識するか、人によって違うと

思います。単に疑問に対して、占いの技術でもって答えを出すあたるあたらない式を、占いの仕事と考えるならば、それはそれでいいと思います。ただ私の占い観としては、もともと宇宙論であったものが、ギリシャ時代に、特に個人的な問題を占う式に変わってしまったと感じています。まずその占い自体が個人の疑問に答えるものだけではないということを、強調したい事と、せっかく生命を占術で見るならば、心理面にも触れるカウンセリングが必要だと思うのよね。要するに占いカウンセリングというのは、その人が低我的に悩んでいるのか、その人が進化に向かって変化をしようと思っているか見極めがたいせつですね。人間界においては殆どワタシの夫が……、ワタシの子供が……、ワタシの金運は……などといった自我の悩みですが……ハハ。でもこれがなければ自我も発達しなかったしね。

T　じゃあ、茶々は心理面も勉強されたの？

茶　はい。心理臨床を数年慶応の心理学の先生について学びました。

T　その心理面を活かして、VOICEで精神世界の講師をしていたんですよね。

茶　はい。まだ占いがこんなにもブームで無かった頃、精神世界の事を勉強したくても、本がなかったの。今は精神世界のコーナーには、ぎっしりと本が並んでいて、何を読んでいいか判りませんけどね。　私の占いの仕事の前提には心理と精神世界のベースがあるわけです。よって占い以前にヒーリングになっちゃうんです！

T　茶々は要するに占い師&ヒーラーですね。

茶　ハイ、だから占いセラピーなんです。

T　占術的な人生アドバイスは難しいですか？

茶　要するに占いのあたるあたらないを主にすると「お客さんが来ました」、「悩みを聞きました」、「ハイ答えはこんなのが出ました」式に、何回も何回も占い師の所へ、答えだけを聞きにくるような、安易な生き方を選ばせてしまいますよね。お客さんは又来てくださるので、占い家業としては繁盛するのかもしれませんが（笑）。

T　そうすると、あまりヤングの占い師の先生で、その辺のところはクリアーできるのでしょうか？

茶　タロットなんかはヤングに人気がありますし、年には関係ないと思いますが、お客さんがどうして欲しいか、答えが欲しいだけなのか、ほんとに人生を変えていきたい意志があるのかが問題ですよね。

T　茶々としてはどう考えているの？

茶　その人の持つ人生の可能性と、意志力を引き出させるには、相談される側、つまり占い師の人生経験が必要だと思います。占い師自身が混沌の中に居たり、依存している占い師では、おのずとアドバイスも薄っぺらなものになってしまいがちで、占い師自身の生き方、プロセスも大切ではないかと思っています。

T　人生経験が大切？

茶　要するに人生経験をつんで、自分の力で自己確立しようとしている人は、占いを必要としない。また反対に人生経験をつんで自己確立し、魂側で生きている占い師は占いをしなくても、コンピューターやタロットがなくてもアドバイスできる

のではないかと思うのよ。もっと言うなら、"全てを知ってる自分"にアクセスすれば、手相を診たり、カードを使ったりする必要も無くなるかも知れないよね。でもカードも占いもある意味ではチャネルだと思うわよ。

T　茶々はどうです？

茶　私も早くそのようになっていきたいものです。私の場合、瞬間のチャネルを答にする場合もあります。占い師のカウンセリングの一言が、いかに大切か、ある一言で依頼者の顔の表情がみるみる明るく変化していくのが解ると、こっちも嬉しいものなのです。よってその占い師の魂の段階や、人格にもよりますが、実のある経験をすればするほど、占いの答えもおのずと実を持ち、真という核を持つものになると思われます。そういった意味で年が若くて、人格形成ができている人ももちろんおられますが、やはりその年その年の経験をつんでいるという意味では、年齢も大切でしょうね。

T　要するに年をとればとる程、味がでる占い師＆ヒーラーになるってことですね。

茶　そう考えるといい職業よね。ハハハ。

そうだ　それでいい
——ゲーテを想った——

おお
そうだ　それでいい
満面の笑顔でのぞき込んだ鏡の中のその顔が
昨日は泣いて
明日が怒っていても
それでいい　その顔はここにある

ここだ　ここに来い
片手にゲーテの詩集を持ちながら
おまえはどこに行こうというのだ
さあ　好きなページを開いて見よう

ゲーテを想った
ゲーテを感じた
ペンが震えた
ペンが光った
ゲーテが来た
ゲーテが来たよ

生々しいゲーテのエネルギーが
歓喜の風で私をなでた
りりしくかつ知的に
あれは確かにゲーテだった

ゲーテの目は今ここで喜んでみつめている
"過去・現在・未来すべてが関わり合う中で
小川も清く流れ　おまえを癒してくれているではないか
淡い恋も息ずいているではないか" と

おお
そうだ
それでいい

今日は泣いて
明日が怒っても
それでいい
それでいいのだ

お誕生日おめでとうございます
――あなたの王となれ――
★•★•★•★•★•★•★•★•★•★•★•★•★•★

お誕生日おめでとうございます
おめでとうとビッグバンが始まる
人間としての出発から
我々は見られるものとなる
そのなかで熟れた赤子が光る
熟れた赤子のみがあなたの王となる
あなたの王となれ

あなたという王国の王であれ！

そうそういつも通る
あの曲がり角の名も無い大木の幹から
たくましい新芽が出た
そしてその新芽にキスする夢をみた

熟れた赤子のように成長し続けるあなたを感じた
永遠という名の神は　一瞬という最高の力を
あなたを通じて　演じている
一瞬というエクスタシーを
スローモーションで感じられるあなたは
熟れた輝きをもつ

あなたが悲しみで泣く時

たとえ１しずくの涙でさえ
大洪水となってあなたを癒しているのを　わかっておられますね

嬉し涙は
永遠の春の暖かさで　世界を変えていく
あなたはこの世で真に生きている

そう　アナログを心に感じるあなただから
世界にゆさぶりをかけている
ネエ　もしもし
勇気に満ちた息づかいは
私の女の部分に
とても心地よく響き　少々くすぐったい

あなたの名声という輝きを
謙虚な意志力で包み
歓喜と共に湧き上がれ

その時熟れた赤子は男となる
熟れた赤子は男となる

お誕生日おめでとうございます

5／31日

✮･✮･✮･✮･✮･✮･✮･✮･✮･✮･✮･✮･✮･✮･✮

毎日毎日
来る日も来る日も
私は眠っている
白雪姫のように美しくではなく
ムンクのさけびのように　うなされながら

何千年の間眠っていたことだろう
眠っている間中私は泣いていた
抱きしめてもらいたい時も
悲しいときもいつも一人で泣いていた
泣きながら眠り
誰にも抱きしめてもらってないと思っていた
しかしそんなある日
私は長い長い眠りから醒めたようだ

何がおきたというのだ
私の心臓は動き始めていた
リズムをとって
強くやさしく　かろやかに

何故それがわかるんですって？
私の居間の時計が3：00をうつと
カッコウが歌い
5：00をうつと

ホトトギスにおこされる
そのカッコウとホトトギスの歌声が
無邪気に私の心臓を　つっついてくすぐるのです

何故それがわかるんですって
だって私の心臓は今　外で鳴り響いているから
何日も何日も太陽に勇気づけられ
来る日も来る日もシリウスに抱かれていたのに
知らなかったのはワタシだけ
心臓はいつもいつもやさしく
オーロラに抱擁されていたのです
そして私の心臓は今
心の外で鳴り響いていると　理解できたからです

カッコウとホトトギスは
外から心臓をくすぐったのではありません
内から　ワタシを永い永い眠りから目覚めさせてくれたのです

外にあるものが内にあり　内なるものが外にあると感じた
5／31日の　あるひとときの事でした

茶々のフィーリング問答11
──テーマ「北斗七星」──

T　北斗七星に何か意味あるのですか？

茶　北斗信仰は中国だと言われてますが、密教における北斗信仰は、北辰といえば北極星のことで、すなわちこの北極星を天帝と言っていたようなの。この天帝である北極星を守り従う、星々を北斗七星としてとらえていたようですね。天の北極の近くを回っているので、たえず北の空にあり、1年を通じて北の空のどこかにみえているこの北斗七星により私たち先祖達は、時刻や方角を知り、生活上、重要な星だったんですね。よって占術の原点としては、大変神秘的な星と言えるんじゃない？

T　⑦という数字はどういう意味があるの？

茶　太陽である日に、月を加え、火水木金土の5星を加えて⑦という、神秘数で重要な運命を司る数と言えます。茶々的に言うと⑦とは生命周期と大いに関係があり、人間と神の中間のエネルギー数であり、カルマを切る数であり、その両者の思考と感情の中点にある、直観数ていう感じかな。

T　北の方角には？

茶　科学的にも地球を覆っている磁場があり、北である北極の真上に宇宙空間からさまざまな宇宙線などの強力なエネルギーが飛び込んでくるので、私達は北極方面に美しいオーロラを見ることができるじゃない。すなわち、北からこのエネルギーが入って「北を背にして　君子南面す」って事かな。天、神、権威の力は北天にあるって昔の人は考えたのね。でも南

にも、いて座の中に南斗六星というのがあってこの北斗七星と対応していると思います。中国では北斗七星は「死」を司り、南斗六星は「生・寿命」を司るとされています。

人間卒業──"おお　北斗の星よ"
──巫女が科学を見つめる日　科学が巫女を受け入れる日──
★*★*★*★＊★・★・★・★・★・★・★・★＊★*★*★*★

あなたはオリオンの姿をした
科学者に出会いましたか？
あなたはプレアデスの巫女と
一緒に呼吸してますね
巫女が科学を見つめる日
科学が巫女を受け入れる日

その日　地球はみずがめ座の誕生日を迎えるでしょう
そう　堂々と地球の誕生日を迎えます
人間卒業のその時に……

気の遠くなるような年月を逆もどり
記憶をたどってみると
４つ星が３つ星を大事に包んでいる
オリオン座にたどりつきました
ある時　オリオンは水を飲みたくなったそうです
すると右手に世にも美しい柄杓の　７つ星が生まれました

北斗の星です

"おお　北斗の星よ
何と美しい黄金の水を湛えていることよ"

オリオンの王は大事にその水を飲み干しました
そして　この偉大なる宇宙の王が
いかにも　ちゃめっ気たっぷりに
一滴をどこかに落としたそうです
そう　今ここ地球に落としたのです

ここ日本に
この上もない純粋で愛に満ちた
"すべて"　という一滴を

それからどれくらい時が経ったことでしょう
巫女という母性は赤い袴を引きずりながら
一歩一歩
科学の父という化け物に　近づいていったそうです
その時　巫女が科学を見つめ
科学が　巫女を受け入れ始めたそうです
そしてみずがめ座として　これから地球が迎えていく
新しいステージが始まるのです
その時　7色の虹の箱舟が　私達を迎えに来ます
そう堂々と
人間卒業のその時に……

注
・巫女と科学
　　人間の中の母性という陰の場から上昇する霊性を巫女、父性である知性の場
　　から下降するベクトルの物質性を科学という表現をしました。

はえとり紙にくっついてしまったなさけない蝶

★・★・★・★・★・★・★・★・★・★・★・★・★・★・★・★・★

私は人間が作った
はえとり紙にくっついてしまった
なさけない蝶

片方の羽根だけ
かろうじて空を舞っている
もがき苦しむ私を
人間の目が見つめる
笑う者がいる
またかわいそうだと
私を解き放ってくれようとする者もいる

でもこのくっついてしまった
片方の羽根は
人間の手ではとれない

私は待つ
蝶は待つ
私は待つ
待つこと２１６０年
開放の時が来た

そう　この上昇気流を待っていたのだ

飛び立てない重さを
ひと吹きで上昇させてくれる
この水瓶座の上昇気流を待っていた

私は飛ぶ
蝶は飛ぶ
私は飛ぶ

イザナギが　イザナミを迎えに来たように
この気流に乗ってしまおう
この気流しか　私の重さを昇華できないだろう

それが13000年待っていた
イザナギという　あなたなのだ
私を支えられる　あなたと共に上昇していく

情けない蝶こそ
情けないと思っている自分こそ
見てて下さい

不死鳥フェニックスとなって
見事に天に帰ります

ヘソが動く日

ヘソが動く日
はっきりとシリウスの母を感じることになるだろう
ピラミッドのホワイトホールが開かれ
すべてが関係していることを知るだろう

真のマリアに会える
人間は天国に行く翼をつけて
その白い羽根を喜びで震わせながら
真のマリアにいだかれる
"さすが　わが子よ　登っておいで"

人間は黒い翼をつけて
地獄への下降をもう止めようではないか！
地獄の底でまつ　黒いマリアがあなたの母ではない
黒いマリアがあなたの母ではない
だまされてはいけない
だまされてはいけない
あなたのいとしいへそから飛翔せよ
すべてのいとしいホワイトホールから学ぶのです
下降する黒い羽根を
断ち切れるのは
あなたしかいないのだから
その時
あなたのヘソはどう動くのか楽しみだ

注
・ホワイトホール
　　物質を放出し続ける天体として考えられ、体では各チャクラ特に松果体と関係していると筆者は感じます。詩の中ではヘソと関係つけた表現。

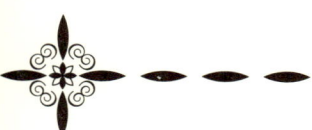

茶々のフィーリング問答12
——テーマ「水火合一」——

T 火や水の性質が強い人とかってどう言う事?

茶 ハイ、ここに水と火を例にあげたのは、水と火の関係性はシビアな関係で、水剋火と水が火を剋す力が、他の土剋水、土が水を剋したり、金剋木と金が木を剋したりする力よりも強烈だからです。よって水と火の感情が、陰陽で水火合一された時のことを考えてみてください。すごいエネルギーだとは思いませんか? これが水剋火と分裂の方ではなく、平和の合一の方へ向かった時は、もはや私達は人間を超えているでしょうね。すごい事が起こるでしょう。

T 何が起こるんだろう?

茶 人間が感じる善と悪なんて、無くなってるんじゃないの。私達は天使レベルから落ちてきたとも言えるんだけれども、そう考えると再び意識的には天使的レベルに入っていくんじゃないかナ。トム、人間としての不安や、苦しさや、エゴを克服する1番早道は何だと思う?

T 不安やプレッシャーのエゴを克服する1番早道?

茶 不安やプレッシャーを嫌がらないで楽しんじゃう事と、リラックス。それを楽しむ事は人間不得意だけど、エステやマッサージや、いい音楽を聴く事とかでリラックスはできるでしょ。これらが重力に関係している人間の苦しさや重さに反することができる1番早道だと茶々は考えるのデース。恋をするとルンルンと体が軽くなるじゃない。重力は笑いとリラックスしてる時においてはそんなに感じてないじゃない。これ

がエゴのオン・オフの切り替えを早くしてくれるんじゃないかな。
T　そういえば茶々は脳内エステの提唱者ですよね。
茶　はい、よく聞いてくださいました.。前述したと思うけど私自身が占術家であると同時に整体師でもあるのです。よってわたしのサロンは占いとセラピーの両方をやります。"顔はひっくり返った脳だ"という前述した漢方医の鎌江氏の理論を加味し、そのセラピーを私自身占いを取り入れたりして脳内エステと名付けたの。もっというなら、精神と体は同じもの、すべては同じものを見てるだけなのと思うのよ。金魚鉢の中の金魚みたいに横からみるのと前からみるのと金魚の見え方が違うじゃない。12個の惑星のエネルギーも12の経絡も分子レベルから銀河など、次元が違うだけで同じものじゃないの？
T　おもしろい、今度是非、占いセラピーをお願いしようかな！
茶　喜んで！待ってます。

おはよう
──射手座の熱くたくましい女として──
★•★•★•★•★•★•★•★•★•★•★•★•★•★•★•★

おはよう
朝の空間に こだまする
射手座女の乾いたトーンが響く
火の女　それはたくましくもあり 孤独でもある
火の女　それは熱く悲しい

ありがとう
瞬間の空間にこだまする
射手座女の開いた感謝
熱い女を恐れることはない
それは瞬間に燃え尽きる情熱だ

だから　もっと　もっと
人を愛せる
もっと　もっと
自分を愛せる
そんな私が大好きだ

そうだ
もう一度あの畑で働こう
もう一度あの米を作ろうではないか
本物の太陽の光を受けて…
射手座の熱くたくましい女として……

ここにも　そこにも
――熟れた赤子が生まれてくる――
★・*・★・*・★・*・★・*・★・*・★・*・★・*・★・*・★・*・★

ここにも　そこにも
熟れた赤子が
生まれている
あなたとワタシが生み出したその赤子に
天使の羽がはえているのをご存知か
熟れた赤子は　自分自身の王であることを知っている

だからわが友よ
赤子達はあなたが天使であることを
そしてあなたが永遠に自由であることを
教えてくれるだろう

真の自由を持ち
夏の優しい目をなげかけ
冬の暖かい心を持ち
ここにも　そこにも
熟れた赤子が
生まれてくる

生まれている

覚えているでしょうか 夜の虹を
──ツインレインボーのランデブー──
★・★・★・★・★・★・★・★・★・★・★・★・★・★・★

覚えているでしょうか
あの 不思議な夜のことを
あの日 何とも不思議な虹をみたのです

それは 北の空でした
７色に光る 地球を包むような大きな半円の虹が
対で"ランデヴー"していたのです
そしてこの２組の虹の間には
あやしく光る北極星が
ヘソの役割りをしていました
まるで それが別々の道を創造したように
ツイン レインボーは夜の空に輝いていたのです

一体私は何を見たのでしょうか
そういえば
私は空から見つめられていたことを思い出したのです

虹の目　とでも言いましょうか
虹の目なんです
この虹の目は
私の人生の節目節目に現れて
私を見つめているのです

まるで 私を祝福してくれているように
何も云わずただ
虹の目に見つめられていたのを
私は見つめていたのです

でも あの日の目は
夜、夜のツイン レインボーでした
夜のツイン レインボーのランデブーだったのです
私は どちらの虹を渡って
どこへ行くのでしょうか
どこへ行くのでしょうか

自分のことをちょっぴり知ると……
―やさしくなれる気がする―

自分のことをちょっぴり知ると
その分　人にやさしくなれる気がする
ただ待つだけという無知と
アダムとイブ以来の大うそに
ただただ
流されていることを　もうそろそろやめようよ
これではいつになっても真実はみえないよ

種をまくから実がとれる種をまく前から
欲しい欲しいと言うことは　もうそろそろやめようよ
これでは弱々しいあなたでしかありえない
あなたは強い人　あなたは勇気のある人
まいた種をかりとる
あたりまえを　あたりまえに出来るのだ
あなたはあなたという王国の王なのだ

ただ待つだけという無知と
アダムとイブ以来の大うそに
ただただ　流されていることを
もうそろそろやめようよ

自分のことをちょっぴり知ると……
その分人にやさしくなれる気がする

台風が過ぎ去ったあと
――母なる大地の許しの中で――

母なる大地の許しの中で
父なる仕事をさせて下さい

台風が過ぎ去ったあとは
片手でひょいと触れられるような星々を従えて
地球を散歩してみるといい
神のおこごとがあっという間に過ぎ去れば
カエルものんきにゲロゲロと遊び出す
幾重にも折り重なった　透明な天国への扉が一気に開くと
いつも通る小道の　松の木が話しかけてくる

葉をゆすってシャンシャン
香りが違う　香りが違うのだ
思いっきり話している
葉をゆすってチリンチリン
愛の詩を語ってる
シャンシャン　チリンチリン

木々にとって愛の歌は鈴の音なの
私にとってこのように響いた
木々達の内緒話しを聞いてふと思ったことをお話しましょう

私たちの悲しみが　世界中の山々を登らないように

母なる大地の許しの中で
父なる仕事をさせて下さい
私たちの喜びが　7つの海をはうように
そして　そこにはキラキラと
子供達の笑顔が写るのだ

母なる大地の許し中で
父なる仕事をさせて下さい

茶々のフィーリング問答13
——テーマ「父と母」——

T　血の重さ、両親関係で悩む人が多いよね。

茶　生きるキツさはいろいろあるけれど、人間関係の中でも特にキツイのは血の重さ両親関係の悩みで、相談者の多くが　両親との問題有りですね。私の家も普通の平々凡々の家族ではなく、大嵐の吹いた家族で人間の私にとってはキツーイ修業って感じでした（私のホロスコープの4室には冥王星と木星の合がある）。

T　誕生の時、自分ではこの父、母にしようとか、性別は選べないよね。

茶　トム、本当にそう思う？　私は全く逆の考え。人間は生まれ出てくる、地球のある1点と、父と母を選んで生まれてくると考えます。このことは、占星術家も占い師も哲学者も精神世界や、宗教家も意見が分かれる所だと思いますが、私はオギャーと生まれる前に、両親、夫など、自分で選んで生まれてくると当然くらいに信じているのよ。

T　どうして、そんなことが言えるの？

茶　私達の魂が成長する為に、3次元地球にて進化が経験できる人生を選択して、生まれてくるのではないですか。そこには、魂の方向性があると思うの。私達は全ての人生上の問題や出来事、思考、フィーリングなどを自らが創り出しているという事に気付く事が、第1のステップだと思う。

T　だけど、"勝手にボクを生んどいて"と親を恨む場合もあるよね。

茶 自分の魂の進化に、一番早道の両親を選んで生まれてきているのだから、恨むのはおかしいけど、血の修行をしている人には苦しいよね。人間的意識には血の重さはすごく辛いと思う。でもここなのよ、家族は自分の一番近い陰と陽のエネルギーを見せてくれているわよね。だから自分の魂のバランスを本当は見ているのに、苦しい家族関係や人間関係の現象を、苦しいとか不幸とかの感情という形で捕らえてしまうんじゃないかな。私達は喜びも悲しみも体験する為に生まれてくるようなものでしょ。だからたくさん経験をして感情を味わうじゃない。この感情が問題なのよね感情にゆれない人なんてないもの。でも必ず中心にいる自分を信じることや、感情を見てる自分を創ることによって、スイッチの切り替えが早くなる。例えば怒るけど次の瞬間にはもう笑っていられるように少しずつなれるように克服できたら、人間卒業も夢ではないと思うけどね。でもこのことは本当に苦しんだ人にしか理解できないかもね。苦しみをバネにできた時、逆に感謝できると思うのだけど……。

T 確かにそうだよね。

茶 両親に心から感謝できたら、母である月と父である太陽をフルに活用している人生といえるかもね.。父母に感謝できないと言う事は、月と太陽が岩戸に隠れているようなものかも知れません。私が父と和解できたのは父が77歳の時。ホロスコープや宿命はこういう人生の傾向性をよみとることができ、可能性を知るツールのようなものと考えています 後は自分次第、自分が選んだ人生は自分しか乗りこなせないでしょ。だから私達自身が選んだ人生に感謝です。

今日の涙はいつもと違う
――この幸せを体に教えておこう――
★・★・★・★・★・★・★・★・★・★・★・★・★

今日の涙はいつもと違う
わかった　わかったのだ

46年間の涙は3オから始まった
両親という大人のエゴを感じたのがきっかけだった
ワタシはここから歪み始めたのかもしれない

19才にある決心をした
この時　私は家を捨てた　父を捨てたのだ
何千年も泣き続けて
今生の19才に又　苦しみの種を
自分から蒔いたのだった
よって私の苦しみも父の悲しみも　そこから始まり
父の魂も私の魂もずっと泣いていた
父の心はわたしを恨んだ
まだ世の中のことを何もわからない若輩者のわたしは
父の一部をみて　"父とは……なんてヒドイヤツ"と嫌い
このエゴで私は自分の半身を切り捨てたのだった
しかし私のエゴは言う
"私は父を家を捨てたわけじゃない
私の可能性を試してみたかった"と
自分のみ正当化して　父の悲しみをわかっていなかったのだ

私の魂は光を失った
私の中の太陽はこの時力を失ったのだ
そして何をしたか
私の心は宙に浮いたまま　精神世界をさまよった
そしてみせかけのリーダー　形だけの先生になった

母は泣いた
精神にいってしまった私に対して
"ふつうの娘であってほしかった"と
私の月は新月のまま止まってしまった
ふつうの娘のふつうとは一体何をさしてふつうなのか
こうして母と私は接点をもてず
この母のエゴとぶつかり　怒りを生じ何度も何度も地獄を創った
私が無意識で行った態度は
このように父と母を苦しめたことを
私のエゴは知らなかった
==私は泣いた……愛の中で==
父はわたしを恨んだ……愛の中で
母は悲しんだ……愛の中で
わたしも父と母を否定しつづけていた……愛の中で
そう　すべてが愛の中だということが分り始めるまで
何年かかったのだろう

自分が感じることと相手が感じることがいかに違うか
この相手側のことをいかに感じてあげられるだろうか

私は傲慢だった
もちろん父も母も傲慢だが
"気づきはこの瞬間始まった者からあやまろう"
父よごめんなさい
母よごめんなさい

私は今生46才にして初めて太陽を取り戻す
私は今生46才にして初めて月を受け入れる
魂が輝きを取り戻し始めた
この時から私は真の太陽の可能性を使えるようになった
私の心に父と母は戻った　父と母の心に私は帰った
父と母を受け入れた
私はこうして太陽の力を取り戻した
こうしてわかった
何千年も泣き続けてやっとわかったのだ

月はもう孤独ではなくなり
満月へと向かい始める
だから私は伝えたい
"人はわかってると思ってること"を本当は解っていないことを
頭だけでわかったつもりでいる人間達
心に落とし　胆に落とし
相手の気持ちになってみて初めてわかる
初めて許しがくる　その人と一体になれる
無意識で人生の種をまき
つらいつらいといっては人のせいにしてきたワタシ

そして　今私は幸せである
このことを話せる友がいたことが
笑いあえる友がいたことが
教えてもらえる友がいたことが
そして　とてもリラックスできている
今日という日を　しっかりと憶えておこう
この幸せを　このリラックスを
体に教えておこう

私は指をかんだ
これからも
何度も指をかむだろう

簡単のように見えてとても難しかった
私の心のスイッチの入れ替えのおはなし

今日の涙はいつもと違った

愛する人それは……
―― 私の背中に天使の羽根は…… ――

すごかった
愛する人の言葉が
怒りと悲しみの入り混じった
苦しみ色のシャワーとなって
私の体を通過する

すごかった
愛する人の言葉は
孤独と絶望の警鐘を鳴らした

その時
それをあらゆる所から聞いていた私の耳は
白い壁を作り出してしまった
永遠に向かって白い耳の壁が続いた

その時
私の目は化け物のように広がるのだが
針の穴程しかみえないことを覚えている

すごかった
悲しみという剣に突き刺され
たくさんの天使が死んだ
ああ　愛する人よ

ああ　胸が痛い
背中が痛い
愛する人よ
重い血よ

血の重さでもぎとられた
天使の羽根を　どう再生させよと言うのだ
私の背中に天使の羽根は　もはやない

ああ　愛する人よ
あなたが幸せに微笑むと
虹色のシャワーが降り注ぐことを　知っているでしょうか

愛する人よ
その微笑みのシャワーを私の胸に
私の背中に
私の目にどうぞ降り注いで下さい

私はあなたの微笑みと一緒に居たい
怒りの中ではなく　喜びの中で共に居たい

ほら
あなたが笑った！
私もうれしい！

信じてください

　　　　あなたの大いなる命の光を

　　　　　さあ
　　　　手をつなぎましょう

　　あなたと私がほほ笑みの中にいる今
　　天使の羽根は私達の背中に再生しています
　　　　もはや血は重くはない

　　　　　ほら
　　　　あなたが笑った！
　　　　私もしあわせ！

　　　　ああ　愛する人よ
　　　こんなにも愛する人よ
　　　　それは……母

注
・母との関係で、母離れしてない私のエゴが支配して、苦しかったときの詩。

父への手紙
──77年かかった──
★・★・★・★・★・★・★・★・★・★・★・★・★・★・★

父よ　何故そんなに淋しい顔をするのでしょう
父よ　あなたは孤独でもなければ
淋しく老いていく者でもない
老いは淋しいことではない
神へと近づく誰もが通る道

父よ　あなたの寂しさとは
この広い宇宙で一人きりと思っているからでしょうか
しかし　あなたは一人ではない
こうやって娘ともつながっているじゃないですか
父よ　淋しいといっているのは父の低我
魂は神とのつながりを忘れてはいない

眼を悪くして　この世を見ようとしなくなったのは一体いつからなの？
この現実から目をそむけたのは一体いつからなの？
そんなにもこの世が辛かったのですね
この世を恨まずこの世を受け入れたら
目はよい方へ向かうと信じて欲しい
何故なら魂は自分の人生を又　この世を嫌うわけないでしょ
では父よ　あなた自身の何が　あなたの人生を嫌っているのでしょう

父よ　でも淋しい時は娘である私に甘えて欲しい
淋しいと言って欲しい

　　　　父よ　罪悪感はいつ感じたのですか？
　　　　　あなたは愛される人であり
　　　愛すべき人であることを知って欲しいのです

　　　　父よ　自分の人生を何故嫌うのですか
　　　　　　私を許せないのですか
　　　　　　この世を許せないのですか
　　　　　　　娘からのお願いです
　　　　その許せない心に　さよならをして欲しい

　　　　　父よ　人生の最後に笑う者とは
　　　　　　人生の重荷を置いていく者
　　　　　　　娘としてお願いしたい
　　　　　人に対しての執着をもったまま
　　　　人生の最後を終えて欲しくないのです
　人生の途中途中　人を許す事で　重荷を置くことをしていたら
　　あなたの人生は　もっと明るく軽かったことでしょう
　　幸せそうに見える人は　人生で何回も何回も重荷をもち
　　　そしてその重さを消化し　昇華できた人達
もしくは重荷自身を　すでに持たない生き方を瞬間にできる人達

　　　　　父よ　私は孤独を恐れないのです
　　　いや　恐れない自分も居ると言った方が真実です
　何故なら　どこかで魂と共に居ることを知っている自分がいるから
　　　　　　　　　　だから
　　　　　　　友といない時にも

愛する者といない時にも
一人でいる喜びを知っている

今の私の人生に寂しさが登場してきても
それはあってないもの　という感覚がわかり始めてきました

父よ　私に対する重荷を置いて下さい

あなたはすべてと共にある人です
いつも自分を誉めてあげて下さい

77歳　父が笑った
微笑みの中で　父と子の会話ができた
父は77年かかった
いや何千年かかったか解らない
私は父の頬にキスをしていた
私は父の頬にキスをしていた
おとうさん
ありがとう

注
・父が筆者を許し筆者が父と向き合って話ができたのは父の年齢で77歳の時であった。

みなしご人間達
―― 古代復活 ――
★*★*★*★*★*★*★*★*★*★*★*★*★

舞台はオリエント
そうあの人の誕生日に
天は偉大なプレゼントを用意した

さあ　太陽　彗星一大イベントの開幕である

小さい頃感じた
ぽかぽかしたオレンヂの日溜りは
古代のオリエントも同じだった
健康的なわずかな土埃の漂う空間に
フェニキアの人々はゆったりと腰を降ろして
空の太陽と彗星のイベントを迎えたのです

暗黒の昼間に
18000度の太陽はもはやなく
太陽コロナで発生する長い尾は
フィナーレを迎えてタイムスリップした

モンゴル
モンゴルだ
大草原の黄人(きいろびと)の熱い視線の元へと現れた暗黒太陽は
モンゴルの人々の熱き心臓をつかみ
人間科学の幾重ものころもを脱がせた

"ここに生き
ここに歩みなさい" と

みなしご人間達の
真実の父と母を求める旅も
終わりに近づいたとわかるだろう

父が近い
母が近い
自由を失った我らに
真の自由が息づく日が来るだろう

おお　みなしご人間達！
ブラボー古代復活
エンシャントリバイバル
エンシャントリバイバル
しっかりと受けとめよう
古代復活の喜ぶべき日を

だから
今　私は愛する人の誕生日に
魂が生きたオリエントの地で呼吸している

注
・みなしご人間達
　　人間はまだ真実に気付いてなく、大いなる一者を忘れてしまった状態の私たちであるの意。

茶々のフィーリング問答14
——テーマ「宿命と運命」——

T　宿命と運命の違いって？

茶　「宿命とは」生まれる前からの因縁の結果であり、先天的な使命、生まれ持った意識の源でありこれが意識の形となって現れる。「運命とは」宿命で生かされた命をいかにこの世で後天的努力や意志力によって、どう次の宿命へとつなげるか、その命の運び方、とちょっとむずかしい言い方をすると高次の自分の自由選択を肉体レベルの意志がどういう人生をつくるか、これが運命。私はこういう表現をします。それは物理的には、天を見あげれば、太陽がしし座の何度とか、金星がどこどこにいるといったような事でみられるでしょう。これが占星術のホロスコープの形としてとらえられるものです。ようするに、宿命はある意味では人生の骨格であり、生年月日が同じなら同じ電車にのるようなもので、運命とは、その瞬間瞬間の選択する自由選択によって、人生が創られるようなもので、同じ生年月日でも、同じ電車に乗っても、電車の中で本を読むとか、居眠りするとか、次の駅でおりるとか、その人の自由選択ですからね。要するに高次元的な自由意志による選択は運命的なものに見えてしまうんじゃないですか。

T　性格って本質なの？

茶　"性格はその人自身の本質ではない"ということが、ほとんど知られていないみたい。表面的には、仮面として、常に変化します。思考パターンなどにより自分固有のユニークな表

現をすること、これが性格になると思っています。だからみんなそれぞれユニークでしょ。だから体の尖端の顔も人それぞれ違うし手相も全然違うじゃない。一人として同じものはないよね。今の自分はいままでの集大成！その集大成を嫌うか、かわいいと思うか、慈しむか、どうせなら、「かわいいなぁ」と慈しみたいものね。あなたにはあなたしかなれない。世界、いや宇宙でたった1人のあなた色の個性……

歌いましょう、宿命を
――ある占星術師の詩――
★★★★★★★★★★★★★★★★★★★★★

歌いましょう　宿命を！
踊りましょう　運命を！

"宿命とは生まれ持った尊き意識の源であり
運命とはあなたの高次における選択である
太陽系とは全ヒューマンビーイングの霊的源である"

覚醒とは意識の目覚め

あなたの個性は失われることなく
低我の昇華へ向かうイベント
見ている世界はワタシである　とわかりだす

太陽も星も無かったころ、あなたはどこにいただろうか
あなたは今そこにいるように　ここにいた
太陽も星も無かったころ
あなたはまさしく　ここにいたのだ

今から13000年前　神のひと呼吸の遠い昔
何が起きたのだろう
不思議がることではないかもしれない
"今から我々が経験することが起きたのだ"といったら
一笑に伏されるだろうか

今から一体何を経験するというのか
神の優しい　一つの吸う息を
血と涙で感じた13000年
さあさあ
今度は神の力強い　一つの吐く息を
喜びと光で染める13000年の到来だ
このように
私達は夢ではない夢から
目覚めることを経験するのかも知れない
昔　むかし
太陽も星も無かったころ　あなたはどこにいただろうか
あなたは今そこにいるように　ここにいた

覚醒期に生きたように　私達は目覚めた存在となるのだ

歌いましょう　宿命を！
踊りましょう　運命を！

あなたはまぶしすぎる
それを忘れないで欲しい

注
・神の一呼吸は26000年。人間にしてみると神の吸気は13000年、吐気は13000年間の年月であるという表現。

愛の国・美しき言霊(ことたま)の国よ

忘れられし　コトバの光
美しき　ことだまの国よ
サザンクロスに願いを込めて　愛の国を想う
現在　過去　未来　ここに　ただ　見つめて抱いて

凪(なぎ)が来る　のどかに　平(ひら)に
涙が止まらない
波は去る　やさしく　ゆらり
言葉を忘れた　アオウエイ

愛の産着(うぶぎ)に　光を添えて
私　目覚め　天使が宿る
ありがとう　感謝の言葉　いつも胸に抱(いだ)き
幾千年もあなたに抱かれ　けがれなき言葉

こだまする　　父のコトダマ
ヒ・フ・ミ・ヨ・イ・ム・ナ・ヤ　コトモチロ
お聞きなさい　母のことだま
い・ろ・は・に・ほ・へ・と　ちりぬるを

感じなさい　　愛のことだま
い・ろ・は・に・ほ・へ・と　ちりぬるを
愛の国　　コトバは光
ひ・ふ・み・よ・い・む・な・や　こともちろ

愛の国　　　コトバは光
ひ・ふ・み・よ・い・む・な・や　こともちろ

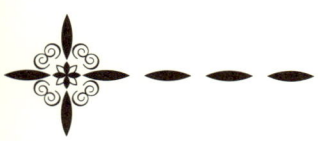

茶々のフィーリング問答15
―― 意識の蹴り・反転 ――
まとめ

T　じゃあ茶々、最後に伝えたいことを簡単にまとめてみて！26,000年などの周期に関して触れてくれるとありがたいけど。

茶　周期のことは前にも話したと思うけど、精神世界や私が学んだところによると、26,000年ごとに一つのサイクルから次のサイクルへの変化・移行が起こるといわれていますよね。変化とはズバリ意識の反転が起こる事だと思うわ。だから極ジャンプ（極移動）も起こる可能性があるわよね。もちろんフォトンベルト（電子と陽電子の衝突で生じる光の粒子のリング）への突入により、原子レベルDNAの大変化で、当然肉体も変化するとは思うけれど、次元移行するのは物質的にではなく意識的だと思います。要するにそれこそビッグバンであり、それができるのは、自我を持っている私たちだからこそ意識の反転ができると私は信じるのです。その力は自我の熟れきった者ほど早い。この意識の位置は普通の人は上にも下にも行かないで世の中の習慣や、常識や、TV　新聞の情報に流され、また世の中の慣習を作り出しているのではないですか？こういうほとんどの人はもちろん凶悪な犯罪に関わるエゴを抑えることができる。けれどもその悪として把握できるのはまだいい、はっきりとしたエゴを見せてくれているから。こんな風にいうと変な言い方に聞こえ、怒られるかもしれないけどね。困るのは私自身も含めて、エゴと気がつか

ないで正しいと思って生きていること。文明という熟しきっている海の底辺を理解できたなら、そこから上昇すればよいのにまだ底辺の腐りきった文明に食らいついている私達。古事記のイザナミが黄泉の国に行き蛆虫がわいたりしているのは正に今の物質文明なのに、私たちはまだそれに気付かない。確かにネイティブな人々は意識の位置としての波動は高く底辺の次元にはいない。しかしカギは腐りきった文明の底辺を蹴り上げる私達にかかっていると思う。実際アナログ人間の私にとってこのデジタルな現在の世はついていけない事が多々ある。しかし私はこの熟れきったエゴ文明をただ嫌がるのでなく、意識を反転して陽の気を立ち上げる人々を大いなる存在が待っていることを理解し始めている。そして私達はこの大いなる1へのユーターンのイベントを迎えようとしている。総てが流動している中で、1つの命を持って生まれてきた生を喜び、おこがましいがこの地球のためになる自分になれたら私はとても嬉しい。またそのために生まれてきた気がする。長い間強く重く離れないエゴを持ってきた私は今回このエゴを昇華させ上昇力にしたいと願ってはいる。さて、私の魂はそれをできるであろうか。よろしく私の魂、と願う気持ち、これも私の自我なのか！それはどうかわからない。それがわかるのは、結果ではなく私の生きているプロセスを自分がどう感じるかであると思う。13,000年かかって、分離しつくして個我という熟しきっている低我に私たちは気付く自由意思を持っている。多分もうすぐ他の惑星文明と交流できる日がやってくるようになると思います。地球人として、地球を丸ごと見る統合の意識が目醒めたとき、私たちはどこ

にいるだろう。どこにも行かない。ここにいるが全く新たな
概念、平和で愛溢れる5次元意識の中にいると信じる。

T　茶々、熱く語ってくれてありがとう。
茶　こちらこそ。トム、ありがとう。私の思いを表現できたこと
　　に感謝します。

あとがき──編集を終わって最後に

──私はただただ知りたかった。どうして私の人生にこの父と母なのか？　この事で私が苦しんでも、全く感知せず、登ってくる太陽は一体何なのか？　恐れとは何なのか？　月はどうして夜に輝くのか？　一体ワタシは何者なのか？　永遠から見れば、ほんの一瞬に過ぎない今生だけで、今の自分になったと言う傲慢な私であった。こんな、ろくでなしの私も人間であれば、誰もが知る苦しみ・悲しみや喜びを多々経験してきた。生命の偉大さと全てのものが、"ただ在る"という感に近づくまで、何度泣いたことだろう。そして、今私は自分の人生を受け入れ始めている。永い年月をかけて、今の全てになっている。声が聞こえてきた。"自分に触れてみるといい"　2004年4月、今私は自分に触れ、生きることを体験している──。

科学的にみると90度／90度の次元階層の回転は、人間の意識の次元と密接に関係している様です。私は惑星を意識の現れであると捉え、星が先にあるものではなく、人間の意識が変容する毎に星が現れると考えます。よって意識と天体はイコールであり、太古の宇宙学としての意識占星術、宇宙論として占いを考えていきたいと思っている一人です。
魂に響く一言が、変化を起こすことがあります。例えば、私のセッションにおいて、その場で下痢状態になり、エゴ的意識活動が溶けていって病気が治ってしまった事や、30年会ってなかった父から突然連絡が入って、関係が改善された、ずっと売れなかった土地が売れた、不登校の子供が急に治った、等など、投げかける

アドバイスが進化側の心に響いたとき、大体早くて２,３日後、遅くても３週間から３ヶ月の間に"えー！"ということが起こってしまうこともあるのですね。　人生に変化を起こすって楽しいものですよ。
エゴを無くせとか、消滅させようとかは、人間界で所詮無理じゃないですか。"エゴをなくせ"流ではなく、まず"人間とは世界を二元で見てるんだ"を知ることです。そして陰と陽のバランスをとり、中和のゼロポイントへ近づく為に地球という学校で勉強をしているようなもので、これが人間ですよね。水の質は深く深く、奥へ進むし、火の質は上へ上へ上昇するし、これらが拡張、収縮の宇宙の運動のようなものです。自分と思って顕在している自分と、客観的無意識の自分の２つをわかり始めたらしめしめ、カウンセラー、意識占星術師の冥利に尽きますね。　よってあたる、あたらないというより、エゴと向き合い進化側の自分、魂のメッセージが大切だと考えています。私は占い師の中でも占い師らしくなく、占いの本で明け暮れる人生でもなく、「脱・占いは暗い」というイメージの世界を目差し、現実を大いに楽しんでいます。歌、カラオケＯＫ、ダンスも大好き、デートも大いに歓迎、大いに喜び、大いに泣く、そしてそんな私を見ているワタシと居る。そんなワタシがだんだん好きになってくる。この地球を嫌っていた私から、地球を愛せるようになった"あやしい地球夢中人"としてのワタシ、茶々が歩いてきた道の中で、この詩集を発表しました。改めて詩集にまとめると、地球に対してのいとおしさや、人間の背中を見ているだけで、エネルギーを感じる私を発見しています。この詩集を通じて皆さんとエネルギー交流ができることを感謝します。占いヒーラー射手座女の、愛のメッセージを感じ

てくだされば幸いです。
　またこの機会を通じて、私を生んでくれた父と母へ、おっちょこちょいで感情家のわたしと辛抱強く付き合ってくれている友人達やすべての関係者へ、そして宇宙の英知とわたしの魂に、また私のこの詩集を手に取って、感じて下さっている皆様に感謝を致したいと思います。最後に私の処女詩集を出版するにあたって、海を越えてオーストラリアから編集を手がけてくださった牡羊座のトム、細見氏、CD作曲家の天秤座の粟屋氏、またVOICEのプロデユースの大森氏、神原氏、笠井氏、５年間私をアシストしてくれている山羊座の田村氏、心から応援して頂いたさそり座の中氏、かに座の宇田氏、パソコン苦手な私をサポートしてくれた山羊座の中村氏、並びに牡羊座の清水氏に深く感謝を申し上げて筆をおきたいと思います。

　——2012年12月22日太陽が沈むと、東の空にプレアデス星団が姿を現すという。この一大イベントのこの時に、一体何が起こるのか、人類としての試練はあるだろう。地球の大変化もあるだろう。しかし地球は決して滅びない！　この世が終わるのではない！　新しい時代が始まる夜明けなのだ。2013年５次元ウエーブはもうそこにうねりをたてて待っている。私達は水瓶座の時代を生き始めるのだ。これからやってくるこの時代は苦しみや病気、暴力、ペテン、戦争はもはや存在し無くなり、私達ははるかにスケールが大きく、ダイナミックな存在を自分の内に許すだろう。素晴らしい時代に生き始める。このステージの為に生まれてきたと言っても過言ではない。今ここに居ることに感謝したい。この偉大なるステージを見逃すなかれ！　見逃すなかれ！——

肉体があってもなくても
命は生きている

歌いましょう宿命を！
踊りましょう運命を！

きっと　君は
あやしい地球夢中人だからね

すべては　今
夢ではない夢から目覚め
光の朝が迎えに来る

──まぶしすぎる偉大なるあなたへ──

　　　　　　　　　　　──愛をこめて、茶々──

■榊原茶々／Mrs.茶々のプロフィール
東洋・西洋占術家 （有)ミセス・スピーカ代表取締役。

個人、企業の成功開運占術家でありヒーラー、風水コンサルタント、占い師派遣事業家。占い診断、開運メイク＆アロマ、経絡整体など占いの理論を超えて意識や体の両面から独自の占術論、占いセラピー、"脳内エステ"を展開。　心理カウンセラーから出発した経歴は断定する占いではなく、意志力を重視し、占断に愛と希望をもたらすシャープなアドバイスで好評。占い、整体セラピー、呼吸法などの講演活動やワークまたセラピーシンガーなどラジオや雑誌などのメディアでも幅広く活躍中。また、占い師派遣事業も手がけカウンセリングのできる占い師を育成中。女性自立の会"ジャンヌの会"主催。

■講演・セミナー内容として
・困ったときの茶々頼み
・風水金運仕事運大作戦
・開運メイクと金運メイク
・茶茶の恋愛塾　運命の人
・未来占い塾
・女性の自立と4つの性
・空間構造と自己確立
・HOW TO 整体／HOW TO エステなど。

■今までの主な執筆活動
・FM-Fuji　「シリウスウィスパー　パーソナリティ」
・ローソン・キオスクコンピュータ　「ツヴァイ恋愛心理テスト」
・NECポケベル　「じゅぴあラッキー占星術」
・健康誌　「ラビエ」　雑誌「DVDclub」
・ミニコミ誌「ビル経営」「apple」
・占い雑誌「茶茶の開運塾」「恋愛暦」「風水ビジネス塾」連載
・精神世界雑誌「木の森」「トリニティ」掲載など

■個人・企業／特別占鑑定・ヒーリング・脳内エステお問い合わせ先
■生徒募集■占い師募集中
　（有）ミセス・スピーカ
　〒150-0011 東京都渋谷区東1-14-13サンフローラハイツ301
　TEL：03－3407－0105（完全予約）
　FAX：03－3407－0154
　web@chacha777.com
　ＵＲＬ：http://www.chacha777.com/

■ミセス・茶々の経営する店　西麻布交差点ホブソンズ右隣２Ｆ
　サロンド茶茶　西麻布　昼・占い喫茶（完全予約）　夜・ラウンジ
　電話03-3400-1153
■現在　茶茶が教えるカルチャースクール未来占い塾

場所・連絡先	未来占い塾
占い塾（イベントなど派遣事業の占い師養成講座） 経絡整体塾 03-3407-0105	月１・月２コース
文京女子大学生涯学習センター 東大前、 03-5684-4816	占いプロ養成講座 ビジネス編／恋愛結婚編 月２回　火曜日

あやしい地球夢中人

2004年10月15日　初版発行

著　　者	榊原茶々	
編　　集	TOM	
装幀・編集協力	オフィスN	
音　　楽	粟屋顕	
発　　行	茶々企画(有限会社ミセス・スピーカー)	
	〒150-0011　東京都渋谷区東1-14-13-301	
	☎03-3407-0105	
	FAX 03-3407-0154	
	http://www.chacha777.com/	
発　　売	株式会社ヴォイス	
	〒106-0031　東京都港区西麻布3-24-17　広瀬ビル2F	
	☎03 (3408) 7473(出版事業部)	
	FAX 03-5411-1939	
	book@voice-inc.co.jp	
	http://www.voice-inc.co.jp/	
印刷・製本	株式会社平河工業社	

万一落丁、乱丁の場合はお取り替えします。
Text ©Chacha Sakakibara 2004
Music ©Ken Awaya 2004
ISBN4-89976-777-3　　Printed in Japan